無盡之境
III END
Misa
Fori 繪
抉擇

楔子

我的指尖撫過他的手背和手腕，一路往上，來到了手臂處。

光滑、堅硬、冰冷。

淚水緩緩流下，我將手覆在他的頸間，感覺不到脈搏，亦沒有呼吸起伏。

「醒醒啊……」眼淚在此刻一點用也沒有，我知道，但我克制不住。

太陽從東邊升起，鑽石般閃耀的光芒照亮大地，也照亮他的臉。

他依舊緊閉雙眼，那是我從未見過的模樣。

第一章

我不想再見到奶奶眼中曾經的奧里林了。

態。

自從薩爾帶來衝擊性的消息後，已經過了兩天，奧里林始終處於一種詭異的狀

詭異到我都忍不住想發脾氣了。

也許是因爲一直以來的願望終於有了實現的可能，所以他相當躁動，這我能夠理解——但是不停地打掃屋子也太煩人了吧！

尤其是我這個人類還需要睡眠！

「奧里林。」現在的時間是半夜兩點，而他正在用吸塵器清理天花板角落。

眼前的畫面其實滿有趣的，他整個人飄浮在空中，吸塵器也跟著在空中晃啊晃地搖擺，發出吵雜的聲響。

「怎麼了？」他的表情一如以往那般冷漠，伸長著手用吸塵器的吸嘴將天花板角落的蜘蛛網吸入。

「現在是半夜兩點。」我坐在床上，指著一旁的時鐘，「我需要睡覺。」

「喔。」他應了聲，擺明沒把我的話聽進去。

我清了清喉嚨，刻意一個字一個字地放慢速度說：「我說，現在是兩點，人類睡覺的時間。」

奧里林這才像回過神似的，忽然落至地面，並關閉吸塵器。

「我沒注意。」

我翻了個白眼，兩手一攤，「好個沒注……」

還沒抱怨完，他已經轉瞬消失，卻沒幫我帶上房門。

「小池，我要在房門加裝鎖。」我輕拍額頭，沒好氣地低語，小池顯然聽見了，因爲走廊傳來他偷笑的聲音。

爬起來將門關好後，我躺回柔軟的床鋪，將自己埋在蓬鬆的棉被中。雖然身體很疲憊，腦子依舊清醒得不得了。

這陣子生活上所發生的劇變，遠比我二十幾年來所遭遇的任何事都重大，以前以爲考大學時選填科系就是人生最重要的分歧點，沒想到，有天我竟可能得選擇暫時離開人類世界。

一切的開端，都源自於我那如同陌生人的奶奶，封允心。

我的奶奶是個奇怪的人，從小到大，我見過她的次數用一隻手就數得出來，而根據爸爸的說法，奶奶對待自己的子女非常冷淡，無論是爸爸還是姑姑他們，都是一成年就被趕出家門自力更生。奶奶的理由是，她已經盡了撫養的義務，所以希望孩子們遠離她，還她清淨。

之後，奶奶便獨自生活在鄉間。

她曾經一度彌留，而不可思議的是，當時她居然穿上了結婚禮服，躺在家中等待死亡。前去探視的姑姑發現後，連忙將她送往醫院，對於奶奶的怪異舉止，所有長輩都十分震驚，但對於我以及其他同輩的孩子來說，這件事根本無關緊要。

因爲奶奶就只是個有血緣關係的陌生人。

因緣際會之下，我被迫與親戚們輪班去醫院照顧奶奶，卻也在這段期間從奶奶口中聽見了那荒誕離奇、又令人著迷不已的故事。

年輕時的奶奶，目睹了被稱呼爲「長生」的吸血鬼爲了吸血殺人，更因此置身險境，幸好一個名爲奧里林的男人救了她，而奧里林也是長生。其實在這之前奶奶便見過奧里林，還一見鍾情，所以她很快陷入戀情之中，後來甚至跟著他走了。

剛開始，我將奶奶所說的都當作胡言亂語，但隨著情節的推展，我開始注意到許多無法解釋的巧合，更遇見了故事裡的那些長生，這才知道，原來奶奶的故事全是眞的。

奶奶沒能待在奧里林身邊，終究被送回了人類世界。奧里林要奶奶答應他，會生兒育女並壽終正寢，當這個約定實現的那一刻，他就會前來見她。

於是，我的奶奶終其一生都在等待死亡，等待再一次見到奧里林。

在奶奶臨終之前，她窮盡一生所愛的男人——奧里林，眞的出現在她的面前。那麼忽然、如此虛幻，他踏著月色到來，帶走了奶奶，似乎也帶走了我一部分的靈魂。

聽了奶奶淒美的愛情故事，我對奧里林也產生近似迷戀的情感，升起了尋找他的衝動。再加上，侍奉奧里林的長生小池在暫時消去我的記憶前，曾對我這麼說：

「請妳，拯救奧里林先生。」

這也加深了我對奧里林以及長生世界的好奇。

奶奶的故事裡有個不斷追殺奧里林和她的長生，名叫尤里西斯，而我也曾經與他接觸。當尤里西斯再次出現在我面前時，我恢復了記憶，想要尋找奧里林的念頭越發強烈，於是我將先前的遭遇寫成小說，發表在網路平臺上，藉此引起長生的注意。

雖然在人類眼裡看來，這就是以吸血鬼為題材的小說而已，但在長生眼中，內容揭露了太多關於他們的祕密，我的行為將造成威脅。

此外，我和奶奶年輕的時候長得一模一樣，這對奧里林來說本身就是一個無法抗拒的關鍵，於是尤里西斯又一次現身，決定帶著我一同找出奧里林的去向。

想不到，真正涉足長生的世界後，我卻產生了認知上的矛盾。我對長生的印象都來自奶奶的說法，所以我認定尤里西斯是惡人，奧里林則是個溫柔的人，但實際認識他們之後，一切卻徹底翻盤。

我無法忘懷尤里西斯渴望陽光的神情，當時他看起來是如此孤寂與落寞。

我也無法忽視奧里林不自覺地把我當成奶奶時，眼中所流露的柔情，以及他想成為人類的願望。

當尤里西斯擁抱我時，我的心跳十分激烈，呼吸也異常灼熱，難以形容的強烈情感令我難以自抑。

當奧里林擁抱我時，我卻只感受到他對奶奶的念念不忘，這讓我相當難受。

還未釐清矛盾的心情，我又迎來了新的麻煩。

首先，尤里西斯那不知是在幾百年前交往過的前女友末時看我不順眼，她對於我待在尤里西斯身邊，尤里西斯卻沒殺了我，反而護著我這件事很有意見，於是千方百計想除掉我，事實上，她也付諸行動了。雖然結果宣告失敗，但她仍不死心，目前正在號召厭惡人類以及想殺害奧里林或尤里西斯的長生，準備集結人手來追殺我們。

與此同時，不知到底是敵是友的薩爾出現在奧里林的老家，帶來一件足以讓奧里林動搖的情報。

「很久很久以前，你母親懷你的時候，曾經說過一句有趣的話，那時我當笑話聽，不過隨著時間流逝，我對那句話的真實性越來越好奇。」

「我母親說了什麼？」

「她說，這個孩子，也許有天可以自己決定要當人類，或是長生。」

一直想成爲人類的奧里林，在歷經無數歲月後，終於看見一絲希望的曙光，當下自然大爲激動。

問題是，在那之後我們幾乎翻遍了整棟房子，都沒找到相關線索。

我們無法確定薩爾說的話是不是眞的，但他也沒必要說謊。奧里林爲此傷透腦筋，所以才會出現如今這般詭異的舉動。

「奧里林出門了？」我一邊享用小池做的美味早餐（今天是烘蛋搭配貝果），一邊環顧一塵不染的室內。

「奧里林先生去外頭探聽消息了。」小池皺著眉頭，最近奧里林搶了他的打掃工作，因此他有些悶悶不樂。

我的心微微一緊。

自從上次在咖啡廳和尤里西斯暫別後，我們便沒有再見面，我會藉由LINE傳訊息給他，他時常過了好幾天才讀取，有時候會回覆，有時候不會，但至少不是忽略。

至少知道他安然無恙，就行了。

「有關於末時的消息嗎？」我喝了一口奇異果蘋果汁，當然是現打的。

「最近她低調了不少，看看奧里林先生這次會不會帶回來什麼情報吧。」小池瞥了手機一眼，「奧丁也沒傳來任何消息，這倒是該慶幸。」

「怎麼說？」

「這表示事情還沒有鬧到狼人那裡，要是連狼人都牽扯進來，那才真的叫麻煩了。」小池勾起微笑，「但無論奧丁先生再怎麼討厭長生，都不會對奧里林先生出手。」

我皺起眉頭，想到薩爾說過的話，「薩爾說，奧丁殺死了奧里林的父母？」

小池表情一僵，「您跟奧里林先生討論過這件事嗎？」

我搖頭，「不好開口。」

「奧里林先生沒說的事情，我也不會說。」小池的反應一點都不令人意外。

「我硬要問奧里林的話，他還是會說的，可問他這件事，不就像是刻意揭他的瘡疤嗎？」

小池思索著，「千蒔小姐，請別試圖逼我說。」

「但如果你堅持，我真的可以去問奧里林。」我強調。

「千蒔小姐，您果然很不一樣，強勢又懂得耍心機。」小池笑了。

這是稱讚嗎？

「不這樣根本沒法和奧里林打交道。」我聳聳肩。

「好吧，我即將要說的，也只是我從側面了解的部分，所有長生都知道那一晚發生的事，因此我所告訴您的，是大家都知道……」

「是的是的，我明白，你絕不會背叛奧里林，哪怕只是講他過去的經歷。」我擺擺手，表示自己很了解小池的忠心，「我明白，奧里林自然也明白，所以請告訴我吧。」

小池嘆口氣，長生其實不會呼吸，所以嘆氣這個舉動大概只是一種表現情緒的方式。

「奧里林先生的母親是女巫，父親則是長生，因爲身分特殊，奧里林先生從小就被其他長生排斥。他們希望能給奧里林先生一個玩伴，於是製造出了奧丁先生——這些，您都知道了。」

我點點頭，宅邸的西邊有兩間房間，其中一間就是小時候的奧里林與奧丁所使用的房間。

「詳細經過我不清楚，但可以確定的是，奧丁先生擁有與外表不符的可怕怪力。總之，某天奧丁先生忽然發狂，變成了他們從沒見過的模樣，奧里林先生的父母爲了保護他，又不想傷害奧丁先生，於是就這樣死在奧丁先生爪下。」

我打了個寒顫，「奧丁變身了嗎？」

小池露出讚許的笑容，「是的，也是因爲那次事件，奧里林先生和長生們才知道，有個會變身成狼的小孩子，能輕易殺死長生與女巫。」

「那天是月圓？」

「是呀，人類有時眞不可思議呢，明明壽命這麼短暫，許多古老的傳說仍都流傳了下來，而且往往很接近眞實。」小池再次讚賞地說，「也許之前從來沒讓奧丁先生見到滿月吧，那晚奧丁先生的異變傳開，從此狼人與長生勢不兩立。奧里林先生血統不純，又可以行走於陽光之下，而他的女巫母親還製造出能與長生抗衡的狼人，種種因素導致奧里林先生的處境十分艱難，爲了走到今天這個地步，他放棄了很多。」

我咬著下唇。奧里林對於變成人類是那麼渴望，眼前既然有機會，那麼無論如何都該嘗試看看。

「小池，我們還有哪裡可以找呢？」

「所有地方都找過了，除非這個家有暗門。」

「這不是不可能的，對吧？」我起身，挽起袖子，「事不宜遲，這就來找看看有沒有暗門吧。」

「沒那麼容易發現的，這個家多大呀。」小池跟在我身後。

我停下腳步，「也是，大海撈針太愚蠢了。那有沒有平面圖？」

「平面圖？」

「嗯，如果這棟房子是奧里林的家人所建造的，應該會有建築平面圖吧？」

「這……」小池轉動著眼珠子，顯得莫名可愛，「我好像看過類似的東西，是在哪裡呢……」

「長生也有記性不好的時候啊。」我忍不住笑了。

由於小池遲遲想不起在哪見過類似平面圖的東西，於是我們像無頭蒼蠅似的在屋內到處搜索，結果還是什麼發現也沒有，最大的收穫就是翻出了幾張被奧里林藏起的幼時照片。

照片中的他穿著小小的西裝，挺得筆直站在這個家的大門前，銀白色的頭髮燦亮，湛藍的雙眼美得令人屏息。

和現在相比，最明顯的不同是，他的臉上帶著笑容，就和絕大多數的孩子一樣，天眞無邪。

還有幾張是他與奧丁的合照，兩人年紀相仿，拍攝的地點無論是在樹林間、草原上或是房間內，他們嬉戲的模樣都是那麼快樂，感情十分融洽。

目睹奧丁殺掉自己的父母後，奧里林是怎麼走過來的？

如今奧里林已經長大，奧丁的外表年齡卻停留在七歲，每次的會面，是否都會讓奧里林想起當年的痛苦？

「千蒔小姐，您有找到什麼嗎？」小池在房門口詢問，我趕緊將照片放回原處並關上抽屜。

「只找到幾張照片。」我起身，環顧這個曾經屬於奧丁和奧里林的房間。

踏入此處會使奧里林觸景傷情，所以之前是由我負責搜索這裡。當時奧里林站在一旁看，我小心翼翼地檢視了房裡的每個角落，沒有找到任何蛛絲馬跡，奧里林臉上的神情難掩失落。

不過那時候也許找得還不夠仔細，說不定有暗門或保險箱藏在某處。

我走進奧里林父母親的房間，來到牆邊，屈起指關節敲了敲牆面，側耳傾聽發出的聲音。

「千蒔小姐，您在做什麼？」小池跟著移動至房門邊，依舊沒有進來。

「我在想，暗門會不會在這個房間？薩爾沒有理由特地來說毫無根據的話，他說的如果是眞的，就一定會有相關資料，或是日記之類的。」我一邊說，一邊認眞地敲著牆壁各處，「小池，來幫我。」

「我不能進去。」小池站在門口，「奧里林先生吩咐過不能進去。」

「他也說過我不能進來。」我聳聳肩。

「我聽從命令是忠誠的表現，千蒔小姐。我去其他地方找，您就在這吧。」小池說完便立刻消失，我嘖了聲，但也不怪他。小池在這方面有點固執，不過也因爲這樣，他才能得到奧里林的信任吧。

可惜我敲遍了每面牆，都沒聽見不對勁的聲音，我還把牆上的掛畫以及照片都拿下來，並移動了任何可以移動的家具以及牆面的裝飾，確認有無隱藏機關，然而毫無異狀。

我沮喪地嘆氣，將所有物品歸回原位，又不死心地一一翻過書櫃中的每一本書。雖然先前已經確認過，但我想肯定有什麼遺漏的地方。我不斷地找，心想就算是日記也好，卻徒勞無功。

除了幾本相簿、照片、魔法學與藥草學的書籍以外，沒別的東西了。

「千蒔小姐，有發現什麼嗎？」小池再次出現，我這才發現外頭天都黑了。

「沒有，難道奧里林的媽媽完全沒有留下書面資料嗎？」我嘆氣，走出來關上房門。

「不急於一時，也許先吃個晚餐？我已經備好餐點了。」小池微笑提議，我無力地點頭。

「那你想起平面圖在哪了嗎？」

小池搖頭，「我該吃銀杏了。」

這句話成功地讓我笑了出來。我們走進飯廳，看到奧里林端坐在餐桌邊，宛如雕像般定定看著窗外。聽見我的笑聲，奧里林回過頭，勾起淡淡的微笑，「什麼事情那麼開心？」

他不只行為舉止變得怪異，人也溫和多了，雖然還不到溫柔的地步，起碼沒那麼把我拒於千里之外。

「奧里林先生，您要用餐嗎？」小池詢問，而他點頭，小池立刻也爲他端上與我相同的餐點。

我坐在餐桌前盯著奧里林，等他開口提及外面的情況，他卻只是優雅地以刀叉將食物送進嘴裡，表情看不出一絲波動。

「人類的食物對你們來說不是難以下嚥？還是因爲你有一半的人類血統，所以也能吃東西？」我問。

奧里林瞥了我一眼，像是覺得我破壞了他用餐的雅興似的，繼續捲起麵條享用。

我叉起一塊肉嚼啊嚼的，轉轉眼珠子，又說：「你有再遇見薩爾嗎？或是有沒有聽說什麼消息？難道我還不能離開這裡嗎？」

奧里林瞇起眼睛，「吃飯的時候不要說話。」

我聳肩，「現在不是講究這種禮節的時候，有更重要的事情吧。」

聞言，奧里林放慢進食的速度，有些惋惜地注視著我。今天我畫了眼線，還在雙頰抹上腮紅，睫毛更是刷得老長，一點也不像奶奶。

我知道他在想些什麼，他嘴上說沒把我當成奶奶，卻依然透過我的臉看著他記憶中的奶奶。對此我不是很開心，不過還不到氣憤的地步。

原本我很樂意讓他把我當成奶奶的替身，以沖淡失去奶奶的悲傷，只是，當他越是用依戀的目光看我，便越是接近奶奶故事中所描述的模樣，漸漸地，我不想再見到奶奶眼中曾經的奧里林了。

人不能一直活在過去，長生當然也是，他該好好地面對我、面對童千蒔這個人，而不是把我當封允心。

否則，他只會越來越意識到我與奶奶的差異，畢竟除了外表，我和奶奶一點也不相像，無論是行爲、想法、說話方式還是聲音。這種分歧總有一天會逼瘋他，因此我首先該做的是，讓自己逐漸遠離他回憶裡奶奶的樣貌。

「不是說了，不要化妝。」他說。

「不是說了，我不是奶奶。」我刻意把每一個字咬得清晰，不忘翻個白眼。

我的反駁成功地稍稍激怒奧里林，因爲他皺了眉頭。

這時小池送上餐後酒，順道收走我們的盤子。

「奧里林，今天我和小池又搜了一次屋子，還是沒有找到任何東西。」喝了一口酒，我說起今天的狀況，奧里林微微一征。

「妳每個地方都找過了？」

「連牆上的畫還有照片的背面都找了，你家會不會有隱藏通道或祕密房間之類的？」我提出自己的猜測。

奧里林搖搖頭，「不太可能。」

「你怎麼能肯定？我問了小池有沒有平面圖，要看那個才準確吧？」

「這棟房子是我父親親手建造的，雖然當時年紀小，我還是記得這個家並沒有什麼隱藏空間，另外，平面圖就放在小池房裡。」

我瞪大眼睛，看向廚房，待在廚房的小池似乎也聽到了，只見他立刻消失在原地，應該是衝回自己的房間了。

「奧里林，你眞的沒有相關的記憶？你母親完全沒提過？」我又問。

「沒有。」

「她怎麼可能告訴了薩爾，卻沒告訴你？」

「也許她認爲還不到時候，打算以後再告訴我，只是來不及吧。」

我啞口無言，此時小池倏地出現在餐桌前，表情有些奇怪，我趕緊轉移話題，「小池，你找到了嗎？」

「怎麼了？」奧里林也注意到不對勁。

「沒什麼。你們看，是平面圖。」小池揮揮手上陳舊且泛黃捲起的幾張紙，「我就覺得在哪看過，原來是在搬進樓梯下的房間後，整理物品時看到的。」

我有種想打他的衝動，就放在自己每天都會使用的房間裡，居然還想不起來。

小池將平面圖攤開在餐桌上，我起身靠過去，好看得更清楚些。而即便對空間的概念不是特別好，我也能看出眞的沒有其他隱藏空間。

我有些氣餒，明明幾乎找遍了所有能找的地方，卻什麼收穫都沒有，難道當年奧里林的母親只是隨便說說？

「收起來吧。」奧里林要小池收回平面圖，而小池收拾完畢便返回自己的房間，沒有再出來。

我嘆了口氣，舉杯一飲而盡，又逕自拿過酒瓶注入紅酒。我輕晃著高腳杯，杯中的液體因反射燈光而閃爍著微光。

「我吃或不吃都沒差，雖然不像你們人類那樣喜愛美食，但也不會像其他長生一樣難以下嚥。不過與人類的食物相比，我更需要血液。」奧里林開口，我愣了下，才意會過來他在回答我一開始的提問。

「另外，妳暫時不能離開這裡，外面很危險。」他的語氣變得嚴肅。

「可是薩爾知道我們在這，難道他不會告訴其他長生？」

「我不清楚他到底想做什麼。」

「他曾經想殺了我，你還記得昆恩和喬伊吧，他和他們是一夥的。他甚至咬了梁又秦，就只爲了警告我。」

「我想，他的目的已經改變了。一直以來，他都是爲了能行走在陽光下而爲難我，如今他有了另一個目的，就是想看到我變成人類。」

「你變成人類，對他有什麼好處？」我無法理解。

奧里林環顧四周，我瞪大眼睛，「難道是爲了遺產之類的？你們長生也有爭遺產的問題？」

「我的父母擁有不少珍貴的東西，如果我成爲人類，就再也沒能力保護這個家，他將能夠順理成章奪走一切，畢竟知道此處的長生不多。」奧里林頓了頓，「當然，這只是我的猜測。」

「我倒覺得滿有可能，奶奶說過，長生其實和人類很相似，所以人類有的問題和欲望，長生也會有吧。」我聳聳肩，「不過，看來是沒有讓你變成人類的線索了。」

「妳怎麼比我還沮喪？」

「既然你想成爲人類，我當然希望這有辦法實現，即使當人類一點也不美好，到時候你肯定會後悔。」

「這種事等眞的得知變成人類的方法再說吧。」奧里林說得雲淡風輕，但我知道他在乎得很。

因爲害怕失望，才不敢期望。

我低著頭思索，決定暫時把這事擱下。奧里林近乎永生，他總有一天會找到辦法的。

而我總不能一輩子待在此處，當務之急是考慮我自己的安危。

「你說外面很危險，是因爲末時嗎？」

「大多數的長生都仍保持中立，只是觀察著狀況，但少數加入末時的長生全是好戰分子。」

「他們的目的眞的是爲了殺我？」我咬著下唇，「我的死對他們來說意義何在？」

「重點是妳死後將產生的效應。」奧里林起身，也爲自己斟了一杯酒。

他搖晃酒杯的動作如此輕柔，美得像從畫中走出一般，究竟是因爲他是長生才會這麼好看，還是如果他眞的變成了人類，模樣也會依舊完美？

「我的死原來這麼偉大。」我自嘲地說。

他凝視著我，眼神別有深意，彷彿看透了我。

我嘆口氣，明白有件事我必須主動提起，他才會說。他是故意的。

「有尤里西斯的消息嗎？」

「他沒和妳聯絡？」他挑起一邊的眉毛，語氣帶著一絲絲酸意。

「幾乎沒有，LINE也很少回。」我聳肩，「他還活著吧？」

「活得好好的。」奧里林喝了口酒。

「你當時給他的那個……能讓他行走在陽光之下的藥丸，他吃了嗎？」

「看樣子是沒有。」奧里林將酒杯擱在桌上，「提醒妳一下，現在大部分的長生都知道妳的長相，除了我、小池以及尤里西斯，沒有一個長生可以信任。」

我扯扯嘴角，我想奧里林從來沒想過自己會說出「尤里西斯可以信任」這種話吧，要是奶奶還活著，肯定也不敢置信。

我再次一口乾掉杯裡的酒，而後將酒杯拿進廚房清洗，放在流理臺。

一轉身，奧里林竟站在我的身後，他看著我，神情卻略顯恍惚，思緒彷彿飄到了很久很久以前。於是，我嚴肅地開口：「奧里林，我再說一次，我不是奶奶，你不要用看奶奶的那種眼神看我，很煩。」

他回過神，顯然對於被我說破這點感到十分不快，我抬起下巴，嚴正聲明：「你那沉重的愛慕眼神讓我喘不過氣！奶奶已經死了，你把感情投射在我身上一點用也沒有。」

這下我又成功激怒了奧里林，他咻的一聲消失無蹤，留下我一個人在廚房。我雙手撐在流理臺邊，嘆了口氣。

「千蒔小姐。」小池忽然出現在我背後，我瞥了他一眼。由於已經習慣長生的神出鬼沒，所以我沒有被嚇到。

「小池，我又惹他生氣了。」雖然小池原本待在房間，但肯定都聽見了。

小池止不住笑意，雙眼閃閃發亮，「能讓奧里林先生發怒眞是不容易呢！」

「我來收拾吧。」我又嘆氣，準備清洗流理臺裡頭的碗盤，小池卻迅速跑到我身邊。

「讓我來吧，千蒔小姐。」

「不了，沒道理都是你在做家事。」我搖頭。

「我挺喜歡做這些事，眞的不用麻煩千蒔小姐。倒是我沒馬上想起宅邸平面圖就放在我的房間，還眞是丟臉呀，明明一直放在那老舊的書櫃裡，天天看到還能忘，記憶力眞是大不如前。」小池像是在開玩笑，我卻感覺哪裡不太對勁。

「你的房間有個書櫃？用來放你的東西嗎？」

小池搖頭，「擺了很多雜物，本來就在房間裡面，我沒有動過。」

「讓我去看看可以嗎？」我急切地問。

「當然可以，那這邊就交給我吧。」小池微笑，我立刻往他的房間跑去。

怎麼從來沒想過小池的房間呢？

我心跳飛快，說不定那個書櫃裡會有我要的東西。

小池房裡的擺設相當簡單，看起來眞的像是電影裡哈利波特在樓梯下的小房間。不同的是，這裡空間大多了，一旁的木櫃上有許多小擺飾，而我一眼就看見位於房間最底端的大書櫃。裡頭的物品井然有序，有不少書籍以及一個箱子。

我嚥了口唾沫，走近書櫃。

書櫃外觀陳舊，但表面沒有灰塵，小池想必仔細擦拭過。我打開箱子，裡面放的是衣物，而書籍全是長生育兒或是兒童飲食均衡之類的教養書。

雖然很好奇只喝血液的長生還需要注意什麼飲食均衡，不過現在不是關心這種事的時候。我仔細地找，然而依舊什麼線索也沒有，我不免大爲失望，沮喪不已。

書櫃最下層擺了好幾本兒童繪本，我隨意抽出一本翻閱，內容是描述小長生在森林裡迷路了，卻覺得可以恣意奔跑很開心，最後甚至吃掉了登山客的故事。

呃，長生小朋友都看這種故事嗎？難道長生的世界裡不會有「這樣會教壞我家小孩」的言論出現？

「那個故事我小時候也看過喔。」小池出現在門邊，好奇地歪著頭，「有找到您要的東西嗎？」

我搖搖頭，將繪本放回書櫃，「沒有。小池，抱歉打擾你了，我回房間去。」

「千蒔小姐，長生的童話故事挺有趣的，我也讀過人類的童話故事，其實有異曲同工之妙，您要不要也看看呢？」

「沒關係，我還是去另一邊找找……」

「千蒔小姐，連不太需要睡眠的長生都必須休息了，何況是人類呢？」他認眞地說，「您若生病了，我們可沒辦法治療呀。」

我輕吐一口氣，「也是，那我就看看吧，放鬆一下。」

小池滿意地微笑，瞬間來到我身邊蹲下，拿起那疊約莫有十來本的繪本，一路跟著我返回房間。

「晚安了，千蒔小姐。」小池關上房門，而我看著被放在桌上的那疊繪本，想了想，覺得翻翻也好。小時候爸媽說過許多童話故事給我聽，而這些想必都是奧里林兒時所聽的故事吧。

於是，我坐到沙發上，拿起繪本一本本閱讀。故事裡充斥著人類被長生吃掉，或是人類拿槍與火把反抗長生，卻仍不是對手等殘酷的情節。

身爲人類的我，看到這樣的內容自然皺了眉頭，不過轉念一想，人類的童話中，不也有大野狼被丟進河裡、狐狸被扒皮、熊吃掉兔子之類的劇情嗎？我們也從來不覺得這樣是殘忍的。

讀到第五本的時候，我突然注意到書堆下方似乎有一本繪本不太一樣。我將那本抽出來，發現是手工線裝書，圖畫不如其他繪本精緻。我的心跳頓時加快，意識到這是一本完完全全手製的繪本。

仔細一瞧，封面所畫的建築物有點像是這座別墅的外觀，門前站了三個人，應該是一家人，父親的髮色是銀白色，母親是棕長髮，小男孩的髮色則與他父親一樣，而封底是另一個有著黑色卷髮的小男孩。

我深吸一口氣，強烈的預感襲上心頭。戰戰兢兢翻開第一頁，映入眼簾的是一段手寫文字。

獻給我摯愛的兒子，奧里林。

你的母親

第一章

我不知道長生會不會哭，然而我真希望此刻他可以掉些眼淚。

自從男孩懂事之後，他便知道自己與眾不同。

他和其他只能躲在黑暗中的長生不一樣，他能走在陽光之下，也能和母親一起頂著豔陽待在海邊戲水。

其他同輩的孩子說他不是純種，他的父母都知道這個指控傷他很深。他的確與其他長生不同，但仍是父母之間愛的結晶。

男孩除了不畏陽光、比其他長生擁有更接近人類的情感、能吃一些人類的食物、有些微體溫與心跳以外，還有一個特殊之處。

就是他的血液。

因爲不是純種，讓他多了另一種選擇的可能。

有天男孩會踏上旅程尋找自我，在成長的過程中，他會逐漸意識到自己的雙重血統，進而眞正明白自己想要什麼。

他可以選擇維持現狀，成爲族群中最特別的存在，他將爲自己的族群做出極大貢獻。

而若他希望徹底轉換成另一種身分，就比較艱辛了，但既然他會想走上另一條路，便表示他已經無法再承受現狀。

男孩將會需要一些東西，令自己獲得新生。

我顫抖著手，奧里林要找的東西就在這裡。

他的母親將一切畫成了繪本，色鉛筆的筆觸輕柔，圖畫中的小男孩與奧里林小時候的模樣如出一轍，我垂下目光，無能爲力的空虛感湧上。

吸吸鼻子，壓抑住想哭的衝動，我將繪本闔上緊抱在懷裡，站起身準備前往奧里林所住的小房子。

當我踩著階梯下樓時，小池悄然無聲出現在一旁，他瞥了眼我手中的繪本，「千蒔小姐，這麼晚了，您要去哪呢？」

我朝奧里林住處的方向點了下頭，小池頓時了然，笑容變得曖昧，「千蒔小姐，您眞大膽呢。」

「別亂想。」我翻了個白眼，但看著小池，悲傷卻再次襲來，「我有很重要的事情得去找奧里林。」

見狀，小池的神情也變得嚴肅，「需要我陪您過去嗎？畢竟一離開這棟房子，就有可能會遭遇危險。」

「我相信你們設下的結界很穩固，而且只要打開大門，奧里林應該也會立刻知道我要出去了。」

小池點點頭，陪我走到大門邊，解開一層一層的鎖後，稍稍後退。

外頭樹影搖曳，我向小池道謝，朝別墅旁的小房子走去。

果然，當我快接近門口的時候，奧里林率先打開了門，顯然不是很高興。他輕皺眉頭，表情像是在問「妳來做什麼」。

「晚安，奧里林，我不是來吵架的。」我逕自越過他，踏進屋內。

他關上門，下一秒已經坐在沙發上讀自己的書。我抽走他手裡的書，他抬頭看我。

「我有事情跟你說，不要無視我好嗎？」

「我擔心看著妳又被妳嫌煩。」

沒想到他還會這樣酸人，這倒是個新發現。我微笑以對，「是呀，有夠煩。」

奧里林瞇起眼睛，「什麼事情？」然後他瞥見我手上的繪本，「那是什麼？」

「你從來沒看過？」雖然這麼反問，我也不是太驚訝。

奧里林如果看過，早該知道變成人類的方法了。

但如果他從來不知道這本繪本的存在，那他母親又怎麼能確定他有一天會自己發現？

我將繪本放在桌上，推到奧里林面前，他的眼睛微微睜大，不敢置信地說：「這是我母親畫的。」

「你知道？」

「她以前畫了很多繪本給我，也會帶我去外頭寫生，可是我從來沒有看過這本。」他似乎在顫抖，而後小心翼翼地伸出手，輕輕翻開書頁。

第一頁便是他母親寫下的那句「獻給我摯愛的兒子，奧里林」。

「奧里林，很抱歉，我已經看過了。」我坐到他身邊，把手掌覆在他的手背上，奧里林的肌膚冰冷，且確實正在顫抖。

「裡面……有我要的答案？」他死死盯著繪本，遲遲沒有往下翻。

我的鼻頭一酸。也許讓奧里林尋找一輩子都找不到方法，也比知道眞相好，然而這不該由我替奧里林決定。

我深吸一口氣，「有，但即使知道了方法，你也沒辦法變成人類。」

他不解地看著我，我給了他一個鼓勵的微笑，「我會在這邊，所以你看吧，裡頭有你母親要說的話。」

奧里林緩緩翻頁，越看表情越是悲傷，那湛藍的雙眼幾乎要落下淚水似的。

讀到畫著男孩站在兩條岔路前的那一頁，見搭配的文字寫著「男孩將會需要一些東西，令自己獲得新生」，他停頓了許久，才接著翻頁。

男孩身分特殊，他同時擁有人類與長生的血統。

而我製造出奧丁，讓奧丁成爲男孩的弟弟，除了想給男孩一個年齡相仿的玩伴以外，還有另一個理由。

男孩，我親愛的兒子奧里林。

若你眞的想成爲生命有限的人類，那必定要付出慘痛的代價。

你需要三個種族的死亡結晶，然而不是什麼人的死亡結晶都可以。

你必須愛著對方，對方也必須愛著你。

也許你會遇見與你相愛的人類，也許你會遇見與你相愛的長生，而身爲母親的我，能爲你準備的就是你的弟弟奧丁。

人類、長生、狼人。

你需要他們的死亡結晶。

所謂的死亡結晶，即是他們的心臟。

你必須用刀子在自己的掌心劃出傷口，以沾染鮮血的手握住他們的心臟，當心臟與你的血液接觸時，便會化爲結晶。

故事的尾聲是男孩躺在草地上睡著了，旁邊的文字寫著「當你醒來，你所見的世界將會不同」。

我忍不住哭了起來。愛有千百種，手足之情和仰慕之情也是一種愛。幾乎是在看完繪本的瞬間，我就想到三個人選。

人類的死亡結晶無疑是我的奶奶，所以我很慶幸奧里林直到現在仍愛著奶奶。

但狼人的結晶是奧丁，奧里林怎麼可能殺了自己的手足？而長生的結晶自然就是小池，一直以來，小池都如此仰慕奧里林，他絕對是最佳人選。

「奧里林，你沒辦法成爲人類的。」我的眼淚滑下，滴落在他的手心。奧里林凝視著我，眼底是深深的絕望。他扯了下嘴角，那樣悲傷的表情，實在不適合出現在他的臉上。

我張開雙手擁抱他，奧里林的身體既冰冷又僵硬，不停顫抖。

我不知道長生會不會哭，然而我眞希望此刻他可以掉些眼淚。

一直以來的願望被現實的無情徹底打碎，變成人類所要付出的代價太大了，誰忍心傷害與自己相愛的人？

由於小池堅持當日採買的食材才新鮮，所以奧里林的廚房裡沒有任何生鮮，大多是罐頭以及調理包之類的速成食品。我打開一包酸辣湯的調理包，倒入煮沸的水之中，慢慢攪拌。香濃的味道自鍋裡散發出來，我關閉電磁爐，再加入打好的蛋液，而後小心地用湯勺把滾燙的湯盛入碗中。

雖然長生不需要進食，不過我想喝個熱湯安撫身心，對奧里林來說應該多少有幫助。

端著熱湯，我走回客廳，奧里林還在翻閱繪本。他撫摸著紙張，手指沾到了些色鉛筆的顏料，眼神既憐惜又懷念，然後他勾起苦笑。

「妳在哪裡找到的？」

「在小池的房間，裡面有一個舊書櫃。」我把熱湯放到他面前，接著雙手反射性摸上自己的兩邊耳垂，因爲實在太燙了。

奧里林見狀，輕柔地拉著我的手腕，讓我的手掌貼在他的兩側臉頰。他雖然擁有體溫，摸起來還是遠比人類冰冷許多。

他定定地注視我，面對他的溫柔舉動，我有些彆扭，又不禁被吸引。我朝他尷尬一笑，「喝一點吧。」

「妳也喝吧。」他鬆開我的手。

和奧里林一同用餐已經是習以爲常的事，但像這樣並肩而坐一起喝湯，還是第一次。

眼下氣氛不壞，也許那些關係不好的長生也都該試著坐下來一塊喝碗湯。

「我們之前沒有找過小池的房間，那邊原本是儲藏室對吧？」我詢問，而奧里林點頭，「那書櫃怎麼會放在裡面？」

「那是我母親的嫁妝。」奧里林回答。

「是因爲……他們過世了，才收起來的嗎？」

奧里林搖頭，「我沒有動過他們的任何東西，就如同妳所看到的那樣。」

我想起奧里林父母的房間，裡面的時間像是靜止在當年的那一刻似的，連被打開瓶蓋的保養品都沒有蓋回去。

「那是以前應我母親的要求搬進去的，也許她是打算未來再找個機會讓我看繪本，或是等我長大後自己發現。」他停頓，「但如果不是因爲妳，我永遠也不會發現。」

「我不知道讓你看繪本是不是正確的，雖然你確實能變成人類，可是……」可是要付出的代價太大了。

奧里林的臉上看不出情緒，「至少現在心無懸念了。這件事情不要告訴任何人。」

「我明白。」我頓了頓，「或許，如果你不著急的話，總有一天還是有機會成爲人類的。」

奧里林看著我，表情有些困惑。

「你說過，長生其實有壽命的限制，只是終點很遙遠，或許有天你等到……他們自然死亡後，就可以實現願望了。」我聳聳肩，「奧丁的壽命也有限嗎？」

奧里林搖頭，「他是特殊的存在，與他的族人並不一樣，所以我不清楚。」

「可能有天會有另一個狼人愛上你。」我說得很心虛。

「那人類呢？」奧里林問。

「說不定將來你會愛上別的人類，再等到她死亡……」我已經有點講不下去，實現夢想得建立在別人的死亡之上？怎麼想都很詭異。

「這沒有意義，我想和妳一起變老，並迎接死亡。」

我皺眉，「你知道我不是奶奶吧？我說過好幾次了。」

奧里林只是將繪本闔上，「晚了，妳回去休息吧。」

既然他不想談論，我也不打算再說，「你一個人可以嗎？」

「我比妳想像的還要堅強。」他淡淡回應。

他送我到門外，我向他道了晚安，他忽然喊住我。

「這樣不安全。」他說。

「就在旁邊而已，不會不安全。」我指指別墅，況且小池一定在那等著。

「不，我是說這個。」奧里林揮了揮手中的繪本，從口袋裡取出打火機，我還來不及阻止，他已經在書的一角點火。

「奧里林！」

「我們已經看過，也知道方法了，這不該留著。」

火光映在他湛藍的眼底，奧里林神情沉靜。決定燒毀母親親手製作的繪本何等不易？但就如他所說的，這大概是最保險的做法。

我們一起等到繪本燒盡，奧里林用腳踩熄殘餘的火星，「晚安。」

我盯著他看了一會兒，最後點點頭。他返回屋內，我則走回別墅，小池果然站在門口等候，面帶微笑，「我還以爲您今晚不會回來。」

我也報以微笑，「你還眞愛開玩笑。」

「奧里林先生燒掉了什麼嗎？」

我聳聳肩，「他母親畫的繪本。」

「奧里林先生必定有他的理由。」小池毫不猶豫地說。

他是如此全心全意地接受奧里林的每個決定，奧里林何其幸運，能有小池這樣的人跟在身邊。

然而，我的內心仍止不住憂傷。難道就沒有不伴隨著死亡，又能使大家都得到幸福的方法嗎？

✤

月色皎潔，我站在海面上，眼前有一面巨大的鏡子，我看見鏡中的自己身穿白紗。

我與鏡子裡的自己對望，卻見到自己露出笑容，心頭頓時一驚。我把手伸過去，鏡中的我也伸出手，但我沒有觸摸到冰冷的鏡面，而是與自己十指交扣了。

「奶奶！」我喊出聲，而奶奶依然朝我微笑。

她好漂亮，笑得好幸福。

這是現實？

不，奶奶死了，這是夢境。

「奶奶，我該怎麼做？」我忍不住哭了起來，向奶奶求助。

「待在他身邊吧。」奶奶說，她的長髮飄逸，精緻的白紗裙襬微揚，在月光之下，她渾身散發瑩白光芒。

「只是待在奧里林身邊不夠，小池要我拯救他，但我該怎麼做？他不可能變成人類了。」我靠近奶奶，她卻往後退去。

「待在妳想待的人身邊吧。」奶奶輕聲說。

「什……」我一愣，伸出另一隻手，可是奶奶的身影瞬間破碎瓦解，化為無數小小光點，消失在眼前。

我該待在誰的身邊？奶奶，我該怎麼做？

我該如何拯救奧里林？我該怎麼躲過殺身之禍？

我該……

「童千蒔。」

我渾身一顫，那帶著點不悅的低沉嗓音從身後傳來。

海平面另一頭的遠方逐漸清明，天色轉亮，太陽緩緩自海面上升起，耀眼的金芒放射開來。我瞇起眼睛，感覺到有雙手放上我兩邊的肩膀。

我抬手摀住嘴巴，熱淚盈眶，日出的景象如此美麗，而肩上的那雙手冰冷得熟悉。

「我一直很想和妳一起看日出。」他說，我克制不住地回過身，看見的卻是天花板。

我睜眼環顧四周，發現身處於自己的房間裡，陽光從窗戶透進，我從床上坐起來，一隻手撫上肩膀。

那觸感異常真實，令人醒來後空虛得難受。拿過放在床頭櫃的手機，我點開LINE，看著螢幕好一會，手指卻無法動作。

「妳想聯絡他嗎？」奧里林的聲音倏地在旁邊響起，我嚇了一大跳，下意識將螢幕關閉。

「你不要無聲無息地進來！」我吼了句。

「我盡量發出聲音了。」奧里林聳聳肩，說著再明顯不過的謊言。

「你來做什麼？」我下了床，奧里林站在陽光之下，與人類無異。

「也許吃個早餐，然後我們出去走走。」他說，我瞪大眼睛。

「我可以出去？離開這裡？」天知道我有多久沒踏出這個地方了，我真的需要去外頭透透氣。

「白天比較安全。」奧里林說，瞥了被我丟在床上的手機一眼，然後逕自離去。

我換了衣服，整理好儀容，並將長髮束起。把手機放入包包前，我猶豫了下，最後還是關閉螢幕，向外面走去。

吃完早餐，奧里林用「跋」帶我穿過包圍著別墅的樹林，不久在一棟平房前落地。我以爲是要拜訪誰，但奧里林拿出遙控器打開車庫的鐵捲門，裡頭停放了一輛銀色的國產車。

「我們要去哪？」

「隨處看看，妳需要走走，我也需要。」奧里林解除車門的鎖。

他說的對，經歷了昨晚的事情，我們都得放鬆一下。

我和奧里林各自上了車，他發動引擎，一路朝山上開去。降下車窗，迎面而來的風吹動我的頭髮，越往山裡，空氣越清新，樹葉也顯得更加翠綠。

「奧丁提過，大自然中存在著精靈，你應該也看得到精靈吧？」

「動物也看得見。」

「眞的嗎？」我有些訝異，轉過頭看著奧里林的側臉。

「只有人類看不見，唯有看得見自然界是如何運作的，才會懂得愛惜自然。或許正是因爲無知，人類才不斷破壞生態環境。」車子向右轉，拐入一條霧氣繚繞的道路。

「可是你卻想成爲這樣的人類，你確定？」我問，「人類眼中的世界很狹隘，往往狹隘到只看得見自己。」

奧里林瞥了我一眼，好像覺得我的發言很愚蠢一樣，用鼻子哼了聲。

「所有生物都有缺陷。」

我扯了扯嘴角，無意爭辯。

車子大約在起霧的山中行駛了三十分鐘，終於停了下來。

奧里林將車子熄火，我穿上薄外套跟著他下車，「這是哪裡？霧氣這麼重，長生會不會出現？」

「還有陽光，不必擔心。」奧里林簡單地回答，往前面走。

他領著我來到一處空曠的草地，霧茫茫的景色別有一番美感。我深深吸氣，感受著有些冷冽的清新空氣，奧里林站在前方，像是在沉思。當我正要靠向他時，忽然有道黑影從旁走過，我嚇得差點尖叫，卻見那黑影是頭牛。

「怎麼有牛？」我驚訝地問，才發現附近還有好幾隻。

「以前就有了。」奧里林瞥了眼，「野生的，沒攻擊性。」

「你以前來過？」我伸手偷摸了把眼前的那隻牛，牠甩甩尾巴走了幾步，慢吞吞地吃草。

「很久以前，我們一家人常來這裡。」

我看向奧里林，沒料到會是這樣的地方。

「妳問了小池關於奧丁和我的事情吧？」

小池還眞是忠心耿耿，連這個都告訴奧里林。

「是呀，我也可以直接問你，但你話老是只講一半。」我走到他身邊，「那你願意告訴我嗎？」

他盯著我瞧，接著席地而坐，我想這是表示他願意告訴我。

我也坐下來，奧里林的身影彷彿與霧氣融爲一體。

「我母親因爲我被其他的長生小孩排斥，所以製造出奧丁這件事，是所有長生都知道的，不過奧丁是怎麼被製造出來的，沒人清楚。」奧里林低聲說，眼神飄得很遠很遠……

✤

奧里林已經習慣一個人在屋子附近的樹林玩耍，他不需要擔心會遭遇危險，除了因為現在是白天，也因為他的速度及力量都遠比同齡的長生還要強。

長生的童年階段十分漫長，奧里林覺得自己當了很久的孩子，說不寂寞是騙人的，但是他很明白自己的不同。況且還有父母親深愛著他，所以他並不孤單。

這天，他一如往常在樹林裡玩，遠方卻突然傳來一聲巨響。

奧里林嚇了一跳，周遭一陣騷動，他抬頭，看見鳥兒全都驚得四散飛離，下一秒，又是一聲轟然巨響，奧里林拔腿就朝聲音來源跑去。

他看見山下的小鎮陷入火海，居民一個個狼狽逃竄，而空中有幾架戰鬥機不斷投擲著炸彈，場面有如人間煉獄，戰爭向來如此醜陋。

在奧里林的記憶中，人類總是在自相殘殺，而許多長生對此十分樂見。他們希望戰爭持續得越久越好，局勢越是動盪，他們吃人、殺戮就越是方便。

有些長生會投入戰爭之中，沉浸於在戰場上大開殺戒的快感，有些長生會追殺飢餓的百姓，享受人類陷入絕望時所流露的恐懼。

奧里林當然也喝人血，不過他自認沒有那麼缺乏格調，更是對那些長生的行為嗤之以鼻。他轉過身，準備回去。

「救命……救命……」一個微弱的呼救聲引起了他的注意，奧里林停下腳步傾聽，接著往左邊的方向跑。

林中的某處躺著一個渾身是血的小男孩，他身上的衣裳破破爛爛，奄奄一息，而他的身邊還有一個已經斷氣的婦人。

奧里林的瞳孔頓時放大，那血腥味令他舔了舔嘴唇。他稍微靠過去一些，盯著差不多與他同年的男孩。

男孩感受到視線，無力地朝奧里林伸手，「救命……」

「你快死了。」奧里林冷冷說，不斷舔著嘴唇。

男孩流下眼淚，他的另一隻手努力牽著早已死亡的婦人的手，「我媽媽死了，爸爸……也在戰場上死了，但我還有一個妹妹……我們走散了……」

「你妹妹大概也死了。」奧里林揉揉鼻子，他不喜歡男性的血液，而旁邊的婦人又死了，他比較喜歡新鮮的。

所以他決定離開，讓男孩自生自滅。

「真的嗎？」沒想到，男孩居然露出笑容，奧里林頓時愣住。男孩氣若游絲，語調卻帶著喜悅，「那就好，真是……太好了，她一個人……一定很害怕，這下子，她再也不需要害怕了……」

說完，男孩閉上眼睛。

奧里林蹲下身，他不是沒見過人類的死亡，只是很少遇到人類死前沒有怨懟或是恐懼，原來對人類來說，死亡也可以是一種解脫。

心血來潮的奧里林，抱起了與他差不多高的男孩。男孩的體溫正迅速流失，心跳也逐漸微弱。

他衝回家中，他的母親正在花園裡施肥，見奧里林手裡抱著渾身是血的小男孩，她皺起眉頭，「奧里林，你不是答應過我，不會把食物帶回家嗎？」

他的母親雖是人類，卻又和人類不同，她是女巫。她運用巫術或是某些方法延長了壽命，因此已經活了很久，不過她的壽命還是會有結束的一天。

「他還活著。」奧里林說。

「你帶他回來做什麼？我們沒辦法救他。」

「母親，拜託妳了。」雖然是一時興起，奧里林仍十分渴望母親能夠回應他的請求。

人類會逃避、會恐懼，都是因為不願面對死亡，但害怕到了極致後，卻反而轉為渴望死亡降臨，好獲得解脫。他很想知道，如果這個男孩可以死裡逃生，又會有怎樣的反應。

奧里林的母親皺起形狀好看的眉毛，湛藍的眼睛盯著兒子懷中幾乎要斷氣的男孩，「他救不活了，至少無法以人類的狀態活下來。」

「母親，所以有辦法救他嗎？只要他能醒來就好，不管他將變成什麼。」奧里林期待地說。

他的母親嘆息，憐惜地摸了摸他的臉龐，「也該給你找個玩伴了，他會永遠陪著你的。」

而後，她接過他懷中的男孩，進入了藥草室。

奧里林喜出望外。如果人類可以永生，那麼是不是就能不再恐懼了？

一直到了黑夜降臨，他的父親出現，他的母親都沒有離開藥草室。聽了奧里林說明狀況後，他的父親挑了挑眉毛，沒有表示意見，只是帶著奧里林去外頭進食。

當他們返家時，母親和那個男孩已經站在客廳等候他們。奧里林的驚喜之情溢於言表，他跑向男孩，正打算開口，卻注意到男孩看起來有些怪異，瞳孔放得比原本更大。

「母親，他不是人類了吧？」

「身為人類的他已經死了。」奧里林的母親與父親交換一個吻，過來摸了摸他的頭，「從現在開始，他是你弟弟了，幫他取個名字吧。」

奧里林知道人類不可能變成長生，他的母親顯然是把男孩變成別的物種了，奧里林聞得到男孩身上的怪味，他從來沒有聞過這種味道。

男孩睜著眼睛看他，神情不帶恐懼也沒有悲傷，像是空殼一樣。

「既然是我弟弟，就叫奧丁吧。」奧里林說完，朝男孩伸手。

奧丁微笑，也伸出了手，奧里林驚訝地發現，奧丁的身上有著炙熱的溫度。

而奧里林的父親皺了皺眉頭，開口詢問自己的妻子：「妳把他做成了什麼？」

「我將狼的血液輸入他的身體，並混合了一些藥草進去。」奧里林的母親笑著，勾起丈夫的手，「他必須擁有強健的體魄，才有辦法當奧里林的玩伴。」

奧里林的父親搖頭，抽動鼻翼，「他身上那股味道無法改善嗎？」

「我也沒料到會有這樣的氣味。」奧里林的母親無奈地聳肩。

奧里林倒是樂得開心，從今以後他有弟弟了，他將不再那麼孤獨，雖然奧丁也不再是他原本帶回的那個人類男孩，但奧里林並不介意。

一開始其他長生都以為，奧里林的父母又生了個孩子，為此議論紛紛，不過很快他們就發現，奧丁是完全不同的物種。

這下子，長生們開始擔憂了。奧里林一家人破壞了平衡，奧里林的出生本就是錯誤，想不到女巫又製造出未知的物種。

於是，調解會的人員前來商談。對於奧里林一家，所有長生都既厭惡又畏懼，更是心懷嫉恨，因為混血的奧里林明顯比其他長生要強大，還擁有長生們渴求的能力——能夠行走在陽光之下。

「我想各位多慮了，奧丁只是我們的孩子。」奧里林的母親端著花草茶，平靜地說。

調解會的人員看著面前的熱茶，一口也不敢喝。

「你們不斷破壞這個世界的平衡，讓我們很為難，你們能確保那個東西不會對長生造成任何威脅？」

「他是我們的兒子，請注意你的措辭。」奧里林的父親瞇眼。

調解會的人滿臉不屑，「一個背叛我族、娶了個女巫的傢伙沒資格說話。」

「啊呀，這樣的話，那也沒什麼好談的了。」奧里林的母親起身，下了逐客令，「我們一家人只想好好在這裡安靜生活，不會造成你們任何麻煩，只要你們不來找碴的話。」

最終，雙方不歡而散，調解會的人離開前，望向站在樹林邊的奧里林和奧丁。他們手牽著手，好奇地張望。

「他們是誰？」奧丁問。

「調解會的維克和派李斯，不太好惹，而且很討厭。」奧里林目送調解會座車的車尾燈消失在林中。

「他們會傷害我們嗎？」奧丁略顯害怕。

「別怕，我們會保護你。」奧里林摸了摸奧丁的頭。

他們回到屋內，父母親對他們展開雙臂，分別給了兩人一個擁抱。

那是奧里林和奧丁最幸福、最快樂、最無憂無慮的一段時光。

他們從來沒細想過，奧丁為何擁有強健的體魄，以及身上那難聞的氣味又是因為什麼。

奧丁性子膽小，總是黏著奧里林。他們共同生活了很長的時間，長到奧里林都長大了些，奧丁卻還是只有七、八歲的模樣。

當年奧里林的母親之所以創造奧丁，除了想讓奧里林有個玩伴以外，還有另一個目的。但隨著相處的時間越來越長，兄弟倆的關係也越來越緊密，於是，奧里林的母親終於開始正視奧丁的未來。

她創造出一個足以媲美長生的物種，這究竟是福是禍？

「我製造出奧丁，其實別有目的。」一天深夜，躲在父母房門外的奧里林聽見自己的母親這麼說。他不願去想母親的目的是什麼，於是帶著奧丁到樹林玩耍，如同以往那樣。

他們在樹林裡奔跑，奧丁可以追上奧里林的速度，他在跑步時瞳孔會縮得像是貓科動物一樣，行動無聲無息，而且在這種時候，奧丁身上的氣味會變得更加濃郁。

奧里林不喜歡那個味道，他轉往另一個方向，卻忽然完全聞不到奧丁的氣味了。他愣了愣，趕緊停下腳步，深怕奧丁出了什麼事，就在這瞬間，有人從後頭猛推他一把，力道之大讓奧里林整個人往前飛出去，撞到了樹幹。

「雜種，你那廢物弟弟呢？」一名外貌約十幾歲的平頭長生出現，嘴角勾著自負的微笑，身後還有兩個長生。

「你們家不把調解會放在眼裡，不遵守規範的傢伙都該除掉！」後頭的其中一個少年尖聲說，奧里林知道他是誰，維克的姪子，從以前就常欺負他。

「喜多、威里，跟他說那麼多幹麼？直接給他教訓比較快！」接著開口的大塊頭少年名叫橋羅，他扭了扭脖子，盛氣凌人。

奧里林爬起身，慶幸自己和奧丁走散了，他現在只希望奧丁能躲起來。

「你們三個想怎樣？我從來沒惹過你們。」奧里林冷著聲音，眼前的對手都比他高大，情勢不妙，他打算一找到機會就逃跑。

「你的存在本身就很礙眼。」喜多嘖了聲，露出白森森的尖牙。

「你那雜種弟弟呢？不，不該叫雜種，而是畜生，他身上的味道有夠臭，你們家製造出了什麼鬼東西啊！」威里怪叫，故意模仿奧丁平時傻氣歪頭的模樣。

「給我閉嘴！不准你們這樣說我弟弟！」被激怒的奧里林朝他們衝去，橋羅露出尖牙，也衝向奧里林。

縱使擁有比其他長生強健的體魄，奧里林終究仍算是個孩子，哪裡敵得過三名強壯的少年長生？很快，奧里林的背便被橋羅毫不留情地咬下一小塊肉。

他吃痛地喊出聲，喜多揍了他一拳，一旁的威里跟進，奧里林毫無招架之力，只能拚命地反抗。

忽然，有什麼東西從上頭躍下，踩在喜多身上，喜多嚇了一跳，大叫出聲。

「搞什麼！」威里也吼著，撲過去想幫忙。

奧里林被橋羅壓在身下，什麼也看不見，但是他聞到了那氣味。

是奧丁！

「奧丁！快逃！」奧里林高喊，然而奧丁沒有回應，他只聽見威里和喜多的尖叫，還有打鬥的碰撞聲。接著，他感覺身體一輕，砰的一聲巨響，橋羅被撞飛到好幾公尺以外的樹幹上。

「好痛！好痛！饒了我！」威里哭喊，奧里林終於能看清楚發生了什麼事。

威里抓著自己被咬斷的手臂在地上打滾，喜多則渾身是血，生死不明，而橋羅的痛呼從遠處傳來。

奧里林火速趕往橋羅所在的地方，空氣中充斥著強烈的血腥味，以及……那股臭味。

當他抵達時，只見橋羅奄奄一息躺著，而奧丁渾身是血站在橋羅旁邊，歪頭一笑，看著奧里林。

「你沒事吧？」

奧丁依舊天真、可愛，面帶無邪的笑容，模樣卻令人不寒而慄。

奧里林從來不曾因為其他長生的欺凌而感覺自己的生命遭受威脅，就連剛才身處那等險境時也是。但此刻，幼小的奧丁站在那裡，身上所散發的氣味卻使奧里林恐懼不已。

三個被奧丁攻擊的長生都沒有生命危險，可是他們不斷尖叫著，遲遲無法擺脫那晚的恐懼，於是奧丁成為長生的隱患這件事傳遍了長生界。沒有人料到，在連奧里林都不是對手的情況下，奧丁竟可以獨自對付三個長生。

他們的母親在屋內來回踱步，而父親焦急地詢問是怎麼回事，奧丁不明所以，他擔心地拉著奧里林的手，「我做錯什麼了嗎？他們欺負你啊……」

奧里林注視著奧丁，笑了笑，摸摸弟弟的頭，「沒事的，沒事。」

所有長生都在議論——奧里林他們家，究竟製造出了什麼怪物？

此後，奧里林一家更為低調，而再也沒有長生會來找奧里林麻煩了，更不會靠近他們。

有天，他們的母親表示要全家一起外出野餐，不過得先把某個書櫃搬進儲藏室。奧丁興奮極了，已經許久沒有野餐，所以他非常期待。

一家人忙進忙出，安置好書櫃後，大家一起上車，前往霧氣繚繞的山頂。

抵達目的地，奧丁迫不及待地跑下車，他喜歡這裡。奧里林追著奧丁，他們的父母也開心地笑著，拿出野餐墊鋪在草地上，將準備好的食物一一擺放上去。

奧里林能吃人類的食物，奧丁也可以，而父親的餐點自然是鮮血。血液都存放在家中的大冰箱裡，母親會將血裝在紅酒瓶之中，這次帶了兩瓶出來。悲劇是怎麼發生的，奧里林記得不太清楚，只知道本來所有人都在歡笑，不久霧氣稍稍散去，他抬頭瞧見了滿月以及星星，於是興奮地要大家快點看。

他的母親和父親讚嘆著自然景觀的美麗，他們眼中除了滿天星斗以外，還有維持自然運作的精靈們。母親說，精靈是更為高等的存在，與世無爭，和自然密不可分。

忽然，奧丁睜大雙眼，奧里林和父親都發現不對勁，看著奧丁。奧丁的眼瞳瞬間縮得細長，像是爬蟲類似的，下一秒長出利牙，身形產生變化。

「奧里林！快跑！」父親大叫，奧里林下意識往後退，只差那一秒，伸出手的奧丁就會抓傷他。

奧丁的手指前端冒出尖銳的指甲，身體拱起，在原地不停打轉。

「快跑，奧里林，快跑！」父親大吼，在奧丁朝奧里林飛撲過去的前一刻，從後面用力抱住了奧丁。

奧里林逃離前，看見的最後一幕是奧丁化為可怕猛獸的姿態。

不知逃了多久，逃到天都亮了，他還是嗅得到奧丁的氣味。終於，他停下腳步，即使恐懼蔓延全身，他依舊逼自己返回原本野餐的地點，映入眼簾的卻是宛如煉獄的場景。

草地上布滿了屍塊與血跡，而奧丁瑟縮在草地中央，渾身是血。

「奧丁……」奧里林顫抖著開口，他知道奧丁身上沾的是誰的血，那些屍塊又屬於誰。

奧丁宛如驚弓之鳥般跳了起來，眼底帶著深深的恐懼及歉疚。

「我、我不知道……」

「奧丁……」強烈的痛苦與酸楚湧上，奧里林艱難地踏出一步。

「我、我不知道！」奧丁逃開了。

從此逃離奧里林的世界。

奧丁殺了奧里林的父母，也等同於殺了自己的父母，那份痛苦可想而知，奧里林能夠理解。他收拾了父母的遺體，從今以後，他真的成了一個人。

這起慘劇傳遍了長生界，那句話始終迴盪在奧里林心中——

奧里林他們家，究竟製造出了什麼怪物？

調解會派出不少人想追殺奧丁，但回來的只有屍體。而後有消息傳來，指出奧丁創造了與自己同類的夥伴。

奧里林始終等著奧丁回來，然而直到很多年以後，他才又見到奧丁。奧丁的外貌一點都沒變，卻已經不是當年的奧丁了。

奧里林的心在父母親死亡那時，死了一次。再次見到奧丁後，又死了一次。

他愛過許多人類女子，也許是為了尋找記憶中母親身上的溫度與溫柔，可每當人類女子在他面前死亡時，他的痛都不及當年見到父母死去那樣痛。

他活著，卻也死了。

如果心死了，就代表死了，那什麼叫做真正的死亡？

這個瞬間，他感覺自己的內心彷彿有什麼在跳動。

他想起了還是人類時的奧丁，那小小的男孩笑著說：「真是……太好了，她一個人……一定很害怕，這下子，她再也不需要害怕了……」

奧里林終於明白自己一直在追尋著什麼，又究竟想從人類身上得到什麼。

死亡是他唯一的解脫。

唯一能拯救他的方法。

第三章

「擁有愛的話，你又怎麼會寂寞？」

「我已經活得太長太久了。」

所以我們現在所在的地方，就是他父母死亡的地點。

我握住奧里林冰冷的手，說不出半句話，奧里林看著我，微微一笑，「結果我沒辦法變成人類。」

「不，不是的！」我用力搖頭，什麼叫死亡是唯一的解脫，眞是太愚蠢、太不知足了，人類都想長生不老，身爲長生的奧里林卻想死，太諷刺了。

奧里林回握我的手，另一隻手則撫摸我的臉頰，「我並不寂寞，一直以來我都這麼覺得，然而……」

然而一旦擁有過以後，便會難以承受失去。

「奧里林，你既不寂寞也不孤單，仔細想想，你母親的繪本不是已經說明了這點嗎？」我的手覆在他撫摸我臉頰的那隻手上，「想成爲人類，你必須擁有來自三個不同物種的愛，雖然你也因爲愛著他們而不能成爲人類，但擁有愛的話，又怎麼會寂寞？」

奧里林扯了下嘴角，「我已經活得太長太久了。」

「人類絕對不會嫌自己活得太長久。」

「我曾要求小池殺了我。」

我瞪大眼睛，「這是怎麼回事？」

奧里林神情肅然，「無法以人類的身分死去，那麼以長生的身分也行，可是我不想死在那些雜魚手中，所以小池是最好的人選。」

「小池不會願意吧？」我恍然大悟，原來小池要我拯救奧里林，意思是希望我能讓奧里林放棄尋死。

我知道這個世界有許多美好之處，也對未來充滿期待，然而對奧里林來說，也許他在無盡的生命之中，只看得見黑暗。

一開始，我只想找到奧里林，卻沒想過找到他後要怎麼做，就連小池的請託我都是姑且聽之。不過如今我已經確定，我必須拯救奧里林，這無關愛情。

幫幫我，奶奶。

回程的路上，天色漸暗，奧里林提高車速。將車子開回車庫後，他抱起我，使用跋往山上的別墅而去。

遠遠瞧見別墅裡漆黑一片，且大門虛掩，我和奧里林互看一眼。照理說小池絕不會粗心大意到忘記關門，更別說不開燈了。

奧里林落地，輕輕將我放下，比了個噤聲的手勢，接著小心翼翼走向屋子，沒有發出一點聲響。

我站在原地，聽見自己劇烈的心跳聲。

發生什麼事了？是長生闖進來了嗎？

小池沒事吧？到底怎麼了？

我既焦慮又擔憂，既然薩爾能找到這裡，其他長生也有可能找到，更別說薩爾並不完全站在我們這邊了。

他會不會告訴了其他長生？

就在內心翻騰著諸多思緒時，有雙冰冷的手忽然搭上我的肩膀。我嚇了一跳，卻忘了尖叫，反而是眼淚率先奪眶而出。

「童千蒔。」尤里西斯的聲音在我耳邊響起，猶如那場夢境的情景。

我摀住嘴巴，克制不了淚水。

轉過身，尤里西斯就站在眼前，貨眞價實的他，不再只是存於虛無縹緲的夢中。

「尤里西斯……」

「妳眞的很愛哭，到底有什麼好哭的？」尤里西斯沒轍似的一笑，靠近了些。他張開雙臂，像是要擁抱我，這時一陣細微的聲響傳來，尤里西斯溫柔的表情瞬間轉爲陰冷。

奧里林一臉凝重從別墅內走出，看見尤里西斯時先是一愣，下一秒已經移動到我的面前。

他神色微惱，盯著尤里西斯問：「尤里西斯，你搞的嗎？」

「不是。」尤里西斯依舊站在我身後，他再次將手放到我的肩上，我不禁一陣輕顫，不過他很快移開手，走到我旁邊。

「發生什麼事了？」我吸吸鼻子，擦乾眼淚，「小池呢？」

「小池不在，他說今天要去妳家，處理例行公事。」奧里林擰著眉毛，「你知道是誰幹的嗎？」

「還能有誰？不就末時那一票。」尤里西斯滿不在乎地說，他的手插在口袋裡，褐色的髮絲微微飄動。

「裡面怎麼了？」說著，我走進別墅裡，打開電燈開關，驚見一片狼藉，屋內很明顯被翻箱倒櫃過。

我趕緊往樓上跑，不是往自己的房間去，而是奧里林父母親的房間。不幸的是，這個房間也被弄得亂七八糟，我氣得渾身發抖。

奧里林無聲無息地出現在我背後，看著眼前的凌亂場景，我顫著聲音說：「他們連這裡也翻過了！」

多年以來，奧里林始終小心翼翼維持這個房間原本的樣貌，保持他父母離開前的狀態，但那些闖進來的傢伙把一切都破壞了。

「沒關係，他們不會找到任何該找的。」奧里林說。

尤里西斯好奇地進入房間看了看，奧里林瞪他一眼，要他別輕舉妄動，尤里西斯只是聳聳肩，「你知道他們要找什麼嗎？」

「應該先說說你怎麼會出現在這裡吧？」奧里林語帶威脅。

「我聽到風聲，所以就過來了。」尤里西斯瞇起眼睛，「我不是你的敵人，暫時。」

「你聽到怎樣的風聲？」我問，「他們在找什麼？」

尤里西斯盯著我的臉，面無表情，「是威里告訴我的。」

奧里林蹙起眉頭，而我總覺得威里這個名字有點熟悉。看見奧里林的表情，尤里西斯冷笑一聲，「看樣子你還記得他。」

「他和喜多他們還混在一起，是吧？」

我頓時想了起來，就是過去那些欺壓奧里林，卻反被奧丁傷害的長生。

威里是唯一斷了手的倒楣鬼，想必對奧丁和奧里林的恨意極深。

「自從當年奧丁弄斷威里的手後，調解會一直都在找機會報復你，現在機會來了。」

我倒抽一口氣，奧里林確實說過，威里是調解會某個成員的姪子，看來梁子結大了。

「也就是說，現在與奧里林為敵的，分別有末時以及調解會的人？調解會很厲害嗎？」我又問。

「類似人類世界的警察吧。」尤里西斯一攤手，「雖然最好別和他們作對，但也不是不能反抗。」

「不！如果會有危險，那最好別槓上他們。」我趕緊說。

尤里西斯有些不悅，「難道當他們想對妳不利時，我們也不能反抗？」

「總比害你往後漫長的人生中都被調解會追殺好吧！」我想也沒想便怒吼，尤里西斯一愣，接著別過頭。

奧里林咳了聲，「所以，威里他們幾個有說是要找什麼嗎？」

弄清楚這個問題很重要，如果他們是想來殺害我們也不對，怎麼可能這麼巧，挑到一個我們都不在家的時機？

「沒有，但奧里林，別相信薩爾。調解會不是沒猜到你會在這裡，但是他們多次過來查看，都沒有發現你，想必你的結界布置得不錯。」

「可是薩爾來過，因此是不是薩爾——」我驚呼。

尤里西斯點頭，「威里說，調解會得到薩爾提供的情報，說你們都在這裡，而且他還暗中破壞了結界，所以調解會的人才能闖進來。不過他們來不是爲了取你們的性命，而是想找某些東西，威里爲此十分不高興，他很想殺了奧里林。」

我看向奧里林，「莫非他們在……」

奧里林沒有回話，只是迅速地開始確認有什麼物品遺失，尤里西斯狐疑地問：

「他們想找的難道不是行走在陽光下的方法？」

「不是。」我咬著下唇，慶幸奧里林已經把繪本燒掉了，否則後果不堪設想。

他們一定是來尋找奧里林的母親留下的資料，但薩爾為什麼要這麼做？

難道真的只是為了奪取奧里林的家產？絕不會這麼簡單，薩爾這個人高深莫測，他到底有什麼目的？

「是什麼東西？居然比行走在陽光下的方法還要讓長生想得到？」尤里西斯追問。

「我不能說，那是奧里林的祕密。」

尤里西斯哼了聲，「喔，所以現在妳也要幫他保密了。」

「尤里西斯。」我覺得他的語氣酸溜溜的，「你最近好嗎？」

他擺擺手，看起來還是不太高興。

「你為什麼都不回我訊息？」

「我有時候不方便。」

「我很擔心你，你總有方便的時候吧，回我一句話都不行嗎？」

「我不知道妳想得到什麼回應，況且我讀了，就表示我還活著。」尤里西斯態度冷冷的，與方才剛見面時想擁抱我的溫柔模樣截然不同。

「你有吃奧里林給你的藥丸嗎？」我決定換個話題。

「怎樣？」

「不要吃，奧里林說了，那是毒藥。」

他頓了頓，盯著我的臉良久，「但也許吃習慣了，以毒攻毒，有天就眞的可以……」

「尤里西斯！人類不能變成長生，這是自然法則，而長生懼怕陽光也是自然法則，不能違抗！你們看得見精靈，應該最明白這一點啊！」

也許我這麼說很殘忍，可是就如同奧里林想成爲人類一樣，雖然因爲具備人類的血統，所以他有機會實現這個願望，不過此等逆天行爲仍需要付出巨大的代價。

尤里西斯撇撇嘴，低聲說了些什麼，我聽不清楚。此時，奧里林回到我們面前。

「所有類似文件的東西都不見了。」

「果然。」

「什麼文件？」尤里西斯問，我和奧里林沒有時間回答他，而是立刻前往別墅旁的小房子，尤里西斯也跟了過來。

屋裡同樣被翻得一團亂，藥草室裡的物品散落各處，奧里林勾起嘴角，「他們沒有找到他們要的。」

尤里西斯環顧四周，拉開幾個抽屜，奧里林見狀嘖了聲，「這邊沒有任何關於如何讓長生能夠抵抗陽光的資料。」

「那你那顆藥丸怎麼做出來的？」尤里西斯問。

「配方我都記在腦中，留下實體的記錄太危險。」奧里林輕點了下自己的腦袋。

「你現在才知道有實體的東西很危險啊？」尤里西斯意有所指地看了看我，語帶挖苦。

奧里林變了臉色，尤里西斯也站直身子，氣氛劍拔弩張，我趕緊出聲：「所以被拿走的都是不重要的東西嗎？」

他們知道我開口是爲了緩和一觸即發的情況，都稍稍往後退了些，奧里林點頭，「全是無關緊要的東西。」

「既然這樣，那他們很可能會再回來，嘗試找出其他線索。」尤里西斯說，「例如妳，因爲妳知道太多有關奧里林的事，所以現在的妳處境比封允心還要危險。」

這句話讓我一陣哆嗦。

確實，如今我所知道的祕密比當年奶奶知道的還多，到最後我眞的有辦法全身而退嗎？我的下場會如何？

見我臉色發白，尤里西斯冷笑，「妳如今才知道害怕嗎？」

「當妳決定來找我的時候，就該想到會有這一天。」奧里林跟著說。

我瞪了他們兩個，「現在又同一個鼻孔出氣了是吧！」

他們摸摸鼻子，互看一眼，不再說話。

「如果末時和調解會已經達成共識，那我們可就麻煩了。」我說出內心的擔憂。

「末時能找人結盟，我們當然也可以。」尤里西斯看著奧里林，而奧里林點點頭。

「難得我們想的一樣。」

「因爲目的一樣。」說完，尤里西斯瞥了我一眼。

「你們在說什麼？」

「童千蒔，妳平常不是很聰明嗎？怎麼這時候變笨了？」尤里西斯揶揄。

「什麼？」

尤里西斯轉身走向樹林，奧里林則朝別墅而去，我不知道自己該跟著誰，於是站在原地疑惑地張望。不久，尤里西斯開著紅色跑車過來，奧里林則提著我的背包返回。

「你不能選輛低調點的車嗎？」奧里林皺眉看著那招搖的跑車。

「爲什麼要低調？」尤里西斯毫不在乎地聳肩。

「你們到底在說什麼？」我還在糾結剛才的問題。

「過了好幾秒，妳還是只有這句話？」奧里林笑了聲。

「你還笑得出來？」我沒好氣地接過他手上的背包，尤里西斯降下車窗催我們快點上車。

「要去哪裡？」

奧里林坐進前座，我則打開後車門上車，「還有，小池呢？」

「我打通電話給他。」奧里林拿出手機撥號，另一頭的小池很快接起，只聽奧里林說：「家裡有其他長生來過，已經不再安全。」

我不知道小池在電話那頭的回應是什麼，但想來他一定很驚訝。

「我們現在要去找奧丁……嗯，不，還有尤里西斯。」

對呀，我怎麼會沒想到奧丁呢？

雖然不確定薩爾和末時有沒有關聯，不過薩爾和調解會肯定有所牽扯。面對那麼多長生的虎視眈眈，奧里林和尤里西斯還得分神保護我這個拖油瓶，很明顯處於劣勢，自然得找幫手。

奧丁是長生所懼怕的存在，更別說他的手下還有一群狼人了。

但在奧里林告訴我那段往事後，我不禁有點擔心他們兩個見面時的狀況。每次會面，一定都會加深他們內心的傷痛。

「沒事的。」奧里林淡淡說。

我抬起頭，透過後照鏡對上他的目光，他彷彿看穿了我的擔憂，安撫似的說出這句話。

尤里西斯轉動方向盤，冷聲說：「奧丁殺了他父母都是幾百年前的事了，要有什麼衝突也早就過去了。」

「尤里西斯！」我責怪地喊，尤里西斯卻不當一回事，畢竟他巴不得能傷害到奧里林。

奧里林沒有回應，只是默默看著窗外，尤里西斯滿意地踩下油門。

「沒想到有生之年我還會再次前往狼人的地盤。」行駛在公路上時，尤里西斯打趣地說。

「可別死了。」奧里林也帶著笑意回應，不過這話聽起來一點都不像開玩笑。

「你才別死了。」尤里西斯回嘴。

我看著後照鏡，鏡中映出我們三個的模樣。奶奶絕對想不到吧，我們居然可以相安無事地坐在同一台車子裡。

當年尤里西斯處心積慮想殺掉奶奶和奧里林，如今情況卻大大不同。

我想起先前的夢境，在一片湛藍之中，與我一起看日出的並不是奧里林。

尤里西斯開著車，褐色髮絲稍稍覆蓋到他琥珀般的黃色眼眸，他輕輕甩頭。

和我想在一起的人在一起，是嗎，奶奶？

但我的內心依舊茫然，有太多情感交織混雜。

「我們現在算是同一陣線了，我認爲不要彼此隱瞞，對我們都好。」尤里西斯出聲，我的思緒被拉回來，一時沒來得及反應，他卻以爲我的愣怔是因爲不想講出奧里林的祕密，於是接著說：「奧里林，我看童千蒔不會洩漏你的祕密，你何不自己說？」

「說什麼？」奧里林的聲音毫無起伏。

「再裝啊，威里他們爲什麼要去你家翻東西？他們在找什麼？」車子的時速瞬間提升了十公里。

「尤里西斯，你開太快了。」我提醒。

「這可比妳上次怕我被晒死時開的速度還慢呢。」尤里西斯輕浮地說。

奧里林分別瞥了我們兩個一眼，「雖然現在你是盟友，不過或許有一天又會成爲敵人，我沒必要告訴你。」

「是啊，等童千蒔死了之後，我們說不定又會變成敵人。」尤里西斯笑了起來，「但是此刻，我們的目的都是不讓童千蒔死，那是你的祕密重要，還是童千蒔的命重要？」

「無論如何你都會保護她的話，我又何必說？」奧里林一點也不退讓。

「好，既然我們無法對彼此坦誠，那如果末時他們藉此挑撥離間，也不能怪我在無法全然信任你的情況下，做出錯誤的決定。」尤里西斯撂下狠話，猛踩油門。

我決定不介入，讓他們兩個自己解決，不過爲了自身安全，我還是姑且講了一句：「不要在開車時吵架，車上可是有個脆弱的人類。」

他們因爲我的話同時一愣，奧里林冷著臉說：「現在會說自己是脆弱的人類了？」

尤里西斯則吹了個口哨，「這個脆弱的人類還曾經想攻擊我呢。」

「眞的？」奧里林瞪大眼睛，「什麼時候？」

「當時去見了奧丁後，我不知道她爲什麼莫名其妙攻擊我。」

「你閃過了嗎？」

尤里西斯聳聳肩，好像在說「問這什麼蠢問題」一樣。

「我才沒有莫名其妙攻擊你！」那時是因爲，我講述奶奶和奧里林之間動人的愛情故事時，尤里西斯露出了欠揍的表情。不過我不能把原因說出來，以免像是消遣了奧里林，又讓尤里西斯逮到機會取笑他。

「人類女孩好像很喜歡攻擊人。」奧里林說出他對人類的「觀察」。

「你卻一天到晚喜歡上這樣的女人。」果然，尤里西斯又藉機嘲弄。

「總比你喜歡一個想殺你的女人好。」奧里林酸了回去。

「咳，不是喜歡好嗎，只是交往過，而且那都是幾百年前的事了。」說著，後照鏡裡的尤里西斯瞄了我一眼，我逃避似的看向外面。

天空逐漸轉爲紫藍色，我拍了下尤里西斯的椅背，「天快亮了，我們還沒要到嗎？」

「晒一點太陽不會死的。」奧里林嘴角的笑意很明顯。

「奧里林，你有跟奧丁說我們要過去嗎？」

「他大概在睡覺吧，反正我們一到達，他們自然會知道。」奧里林把玩著手機，微微側頭看了天空，「尤里西斯，我來開吧。」

「你眞的沒有任何讓長生待在陽光下的方法？」尤里西斯居然還不死心。

「沒有，完全沒有，只能延長承受日晒的時間。」

尤里西斯的眼底難掩失望，他憤怒地打了方向盤一下，「那調解會到底在找什麼？」

又回到這個話題了。

天空逐漸泛白，尤里西斯的身體冒出白煙。

「尤里西斯，你先靠邊停車，躲到後座吧。」我輕搖他的肩膀。

「奧里林？」尤里西斯很堅持。

「……你先到後座。」

車子停在國道的路肩，尤里西斯下車，身體已經開始潰爛。他應該很痛才對，可他硬是忍著沒叫出聲，而他一坐進後座，我便立刻用黑布覆蓋他的全身。直到蒙住他的眼睛爲止，他始終瞬也不瞬地盯著我。

不久前，我也曾經像這樣爲他蓋上黑布，當時他也是這麼凝視著我。雖說是不久前，卻彷彿已經好久以前。

「童千蒔，妳到前座。」奧里林已經移至駕駛座，我有些猶豫地看尤里西斯，奧里林嘖了聲，「我可不是你們的司機。」

「何必這樣說。」確定尤里西斯的全身肌膚沒有一絲露出後，我才下車移動到副駕駛座。

繫好安全帶，奧里林踩下油門駛離路肩。天色亮得很快，瞬間整條道路都被照得明亮，陽光刺眼到令我想戴太陽眼鏡。我回過頭，尤里西斯的身體果然仍是微微冒煙。

「我可是還在等你說，奧里林。」他開口。

「你不睡一下嗎？」我問。

「這麼痛怎麼睡。」尤里西斯低吼。

「你得跟我立下契約。」奧里林淡然說。

「又是契約，我恨透該死的契約！」尤里西斯非常生氣，整個人在後座扭了好大一下。

「你該感謝契約，如果沒有契約，你早就殺了童千蒔。」奧里林的話別有深意。

尤里西斯靜默了一陣，才悶悶地說：「如果沒有契約，事情也不會發展成現在這樣，我和你竟然站在同一邊，有沒有搞錯！」

我忍不住偷笑，要是能讓奶奶看看這幕該有多好。

奧里林覷了我一眼，我連忙假裝沒事望向窗外。

「和我立下契約，發誓你絕不會把聽到的一切告訴其他人。」奧里林嚴厲地說。

尤里西斯若真想知道實情，這是唯一也是絕對的條件，不過同時我也很訝異，奧里林居然願意告訴尤里西斯這天大的祕密，就連小池都……不，根本不能讓小池得知。

「尤里西斯，這件事很重大。」我回頭，認真地注視被黑布包住的尤里西斯，雖然我不確定自己有沒有對上他的雙眼，但我知道他會看著我。

我想尤里西斯一定非常不悅，不僅要二度跟奧里林立下契約，而且還可以說都跟同一個女人有關。

「我這樣怎麼立契約？」

「你明知道契約只需口頭答應即可。」奧里林失笑。

「……說吧。」

奧里林斂起笑容，他的雙眼依然盯著前方道路，卻用平板的語調開口了：「尤里西斯，答應我，等等你所聽聞的事情，直至死亡都不能告訴別人。」

「我答應。」尤里西斯老大不情願。

接著，兩人安靜了幾秒。

奶奶說過，結成契約的時候，人類的胸口會有灼熱感，長生則是會感受到心臟微微跳動。

「如果平常你們的心臟不會跳動，那爲什麼會有心臟的存在？你們又不是人類，身體器官怎麼跟人類一樣？」我好奇地問，奧里林幾乎翻了白眼。

「童千蒔。」我看不見尤里西斯的表情，他好像拚命忍著笑，「妳眞的很有趣。」

「我覺得我的提問十分具有學術性。」我說，可惜他們充耳不聞。

奧里林說出薩爾帶來的意外情報，以及我們爲此開始尋找讓奧里林變成人類的相關資料，最後是我在老舊書櫃中找到了他母親手製的繪本。

還有最重要的結論——奧里林確實能夠變成人類，但所需要的材料難以取得。

「需要什麼材料？」沉默許久，尤里西斯才問。

奧里林似乎說不出口，我將手放到他的手臂上，他轉過頭看我，輕輕頷首。我深吸一口氣，道出殘酷的事實：「需要三個不同物種的死亡結晶，分別是人類、長生以及狼人。奧里林必須用自己的血液去接觸他們的心臟，才能得到結晶。」

「這不是很簡單嗎？」尤里西斯說得理所當然。

「前提是必須彼此相愛。他們對奧里林要有一定程度的情感，奧里林對他們也要有一定程度的情感。」

「……所以你才沒辦法拿到。」尤里西斯理解了，他腦中浮現的人選大概跟我們一樣。

「這件事情絕對、絕對不能說出去。」我咬著下唇，我不知道奧丁得知此事的話會怎麼做，但小池一定會毫不猶豫獻上自己的生命，只為實現奧里林的心願。

「我沒那麼無聊。所以威里他們就是在找這個？可是能成為人類的應該只有你吧，他們要那個東西做……靠，好痛。」尤里西斯喊了聲。

「別說話了，你不是說過，如果說話喉嚨也會被灼傷。」我側過身叮嚀，又看向奧里林，「我也很懷疑，他們拿到那個能做什麼？」

「也許跟很多長生渴望能在陽光下行走一樣，他們認為自己也可能成為人類。又或者，威里他們根本不清楚薩爾真正的目的。」奧里林猜測。

「除了你以外，怎麼可能有其他長生願意變成低下的人類？」尤里西斯不以爲然。

「喂，我在這好嗎？」我用力咳了兩聲。

「低下的人類擁有不畏陽光的能力。」奧里林說。

「只是壽命有限。」尤里西斯涼涼補充。

「我很不想這麼說，不過我同意尤里西斯的看法，我不認爲那些長生……或是薩爾的目的是爲了成爲人類。」我皺著眉。

我們三個陷入沉默，絞盡腦汁也猜不出薩爾的目的，於是只得將這個問題暫時擱下。反正至少他們是無功而返。

過沒多久，奧里林駛下交流道，窗外的景色從熱鬧的市區街景逐漸變成荒涼的郊外，周遭雜草叢生，最後眼前出現一整片樹林，這就是之前尤里西斯帶我來過的地方。

奧里林將車子開入陽光照射不進的茂密林中，尤里西斯倏地拉開身上的黑布，看起來很有精神。

沒想到會這麼快又重回此地，上次我連這裡是狼人的根據地都不知道，還被嚇個半死。

我背起背包，彎腰把鞋帶繫緊，做好走上一段長路的準備。

但當我往前邁開步伐時，奧里林和尤里西斯都站在原地不動，我狐疑地回頭看他們，發現他們同樣狐疑地看著我。

「幹麼不走？」

「幹麼要走？」奧里林反問。

「啊，因爲我們上次自己走了一段路。」尤里西斯恍然大悟，笑了起來，「童千蒔，現在有奧里林，狼人會出來接應。」

「可是上次狼人送我們離開時，我們也是用走的啊。」只是抄了捷徑，花費的時間較少而已。

「那是因爲我們又不是奧里林！」尤里西斯提高音量。

忽然，他的雙眼變得晶亮，並拱起身軀、露出尖牙，看起來像是在防備什麼。這模樣我看過，因此也不禁被他緊繃的姿態影響，不安地躲回他們兩個中間。

「別這樣。」奧里林斜眼看我和尤里西斯，好像覺得我們的反應很不禮貌。

「你眞是老神在在。」我說。對比之下，尤里西斯像隻驚弓之鳥。

右邊的樹叢傳來沙沙聲響，尤里西斯整個人跳起來往後退，奧里林則是淡定地看過去，幾個壯碩的男人倏地出現。

剛才他們到底都躲在哪？

「奧里林。」爲首的男人說，我認出來是司古。

「司古。」奧里林朝他點頭，司古瞥了眼不遠處的尤里西斯，意外的是，這次他沒有多說什麼，直接側身讓出一條路。

「請往這邊。」

我疑惑地看著奧里林，又望向尤里西斯，發現他跟我一樣搞不清楚狀況，而奧里林神色自若地走到司古他們中間。

「我才不要走在狼人的中間，要是他們忽然發瘋撲上來，躲都沒得躲。」尤里西斯怪叫，惹得司古以及其他狼人不太高興，他們重重地用鼻子一哼，低吼了幾聲。

「別忘了你的風度，尤里西斯。」奧里林倒是挺滿意尤里西斯這失態的模樣，表情像是看見了十分有趣的事一樣。

「尤里西斯，上次我們自己來都沒事了，這次有奧里林在，更不會有事。」我試圖安撫，尤里西斯卻更加大聲地嚷嚷。

「上次是因爲我們要找奧里林的關係，這次只要奧里林一聲令下，他們就可能會把我撕碎！」

沒想到尤里西斯會擔心這種事，可是爲什麼他到了這邊才害怕？想到此處，我不自覺地笑了。

奧里林的嘴角也掛著得意的微笑，倒是司古他們皺了眉頭，還開口澄清：「我們只聽奧丁的話。」

「好了啦，尤里西斯，走了。」我走過去拉尤里西斯的手腕，這舉動讓司古他們面面相覷。

「居然有人類敢這樣對待長生。」我聽見他們的低語，而連我都聽到了，尤里西斯跟奧里林想必聽得更清楚，證據就是尤里西斯立刻甩開我的手，逕自朝前走。

眞是的，早知道拉手腕會讓他覺得沒面子，我剛才就早點這麼做了。

我們在狼人的帶領下走到兩台吉普車前，我和尤里西斯互看一眼，原來這就是奧里林獨享的待遇。

「所以你來這裡都有車坐？」上車後，我低聲問奧里林。

奧里林一副理所當然的樣子，尤里西斯不屑地說：「這麼嬌貴，還坐車。」

「你不想坐的話可以下車。」司古冷冷表示，尤里西斯再次露出尖牙，司古也鼓起手臂肌肉，我連忙喊：「我們在車子裡，不要激動！」

奧里林面帶笑意，似乎很樂見這種針鋒相對的場面，我用手肘頂了他，要他也出聲勸阻一下，奧里林卻瞪大眼睛，彷彿對我的行爲感到不可思議。

「就是這樣！就是這樣！看到了吧，她會攻擊我們！」尤里西斯沒有錯過這一幕，馬上撇下司古，大呼小叫的，「不過奧里林，我可沒被她打到，你居然被打到了，也太遜了吧！哈哈哈！」

尤里西斯的嘲笑讓奧里林覺得很沒面子，他氣惱地看著我，「是車子裡面太擠了！」

太誇張了吧，這些長生是碰不得嗎？

於是我們就在尤里西斯不斷嘲諷、奧里林幾乎要動怒的情況下，抵達奧丁的宅邸。這次沒有經過狼人的聚集地，吉普車直接停在大門邊，門口負責守衛的狼人神情不如上次那般嚴肅，大概是因爲奧里林在的關係。

都到這了，我才開始緊張。雖然那場慘劇已經是百年前的事，奧丁和奧里林也一定有各自的面對方式，我還是因爲他們即將見面而感到心慌。

我們被帶到和上次一樣的客廳，有幾個僕人在旁待命，桌上擺滿許多食物，光是熱湯就有洋蔥湯、玉米濃湯、蘿蔔湯，還有三明治、火腿、歐姆蛋、空心菜炒牛肉、五更腸旺、義大利麵等料理，混合了中式和西式，應有盡有。

司古等人立正站在旁邊，像是軍人一樣，而我實在太餓了，馬上毫不客氣地拿過碗筷開動，也不管是東方還是西方料理，夾了就放入碗中。

奧里林看不下去我狼吞虎嚥的吃相，幾次想開口，但最後還是什麼都沒說。

尤里西斯則抱怨著那些料理看起來一點也不好吃，甚至不要命地問「難道就沒有長生的食物嗎」，讓司古他們額角都爆出青筋了。

「你這次沒自己帶血袋？」我的嘴裡塞滿食物。

「太突然了，沒時間準備，等等有空再繞去拿吧。話說妳爲什麼不把東西吞下去再講話？」尤里西斯嫌棄我的吃相。

拜託，難道他以前那滿身是血的吃相就很優雅了？

「稀客啊，稀客！」旁邊的門被打開，頂著黑色卷髮的小男孩一邊拍手一邊走進來，身穿可愛的鴨子造型套裝，雙手朝天高高舉起，「沒想到會有這一天啊！」

正在吞嚥的我差點嗆到，沒料到奧丁會忽然現身。

奧里林注視著奧丁，隨後站起來，奧丁也噙著笑意走向奧里林。我大口喝水，屏息緊盯他們兩個的動作，卻發現在場眾人裡只有我這麼緊張。

「奧丁。」

「奧里林。」

兩個人面對面微笑，還給了彼此一個擁抱，我鬆了一口氣，又繼續吃起來。

「所以你們不計前嫌啦？」奧丁一屁股坐到沙發上，一名女侍從吧檯端來起司蛋糕給奧丁，他津津有味地享用。

「暫時。」奧里林覷了眼尤里西斯，又看向我。

奧丁點點頭，愉快地吃著蛋糕，「妳叫童千蒔，對吧？妳眞是太了不起了。」

「我什麼也沒做。」我放下碗筷。

「不，光是能讓尤里西斯和奧里林共處一室而不發生流血衝突，就是件了不起的事。」奧丁笑得開心，看起來就像孩子般天眞可愛。

「別說這些無聊的話了，奧丁，你知道外面的情勢嗎？」尤里西斯抓了抓頭。

「那不干我的事啊，是你們長生的問題。」奧丁微笑，嘴角沾了點蛋糕屑，

「不過既然你們都來了，我也無法再置身事外。」

奧里林的身子稍稍向前傾，「你知道，這可能會是場很漫長的戰爭。」

我內心一驚。需要用到戰爭這個詞嗎？

「當然，我可經歷過不少戰爭。」奧丁顯得有些得意，他從沙發跳下，端起盤子開始夾桌上的菜。

「而且還必須跟調解會作對。」奧里林補充。

奧丁冷笑，「你覺得我會怕調解會嗎？那叫什麼……派李斯？不管是他，還是當初他派來追殺我的幾個長生，大概都沒料到自己會那樣死掉吧。」

雖然奧丁的外型是個孩子，此刻卻眞眞切切地散發出冷酷的殺意，終究還是活了好幾百年的狼人。我頓時失去食慾，並打了個冷顫。

平常只見到他們和平的一面，讓我險些忘記他們也可以相當凶殘。

但人類又何嘗不凶殘？所有生物都有良善跟殘忍的一面。

「那次你也幾乎要斷氣了，不是嗎？」尤里西斯不屑地笑了聲，司古的臉都氣得扭曲了。這時，我的腦中閃過狼人變身後是完全的狼形，還是狼頭人身這種無關

緊要的問題。

「是呀，畢竟有那麼多長生，我的體型又這麼小，很累呢。而且以本質來說，我比你們稍微接近人類些。」奧丁聳聳肩。

「不開玩笑了，奧丁，這回情況不同，我們身邊還有……」奧里林看著我，奧丁明瞭地點點頭。

「有個脆弱的人類要顧。」或許是奧丁的說法和我剛才在車上說的話差不多，尤里西斯再度笑了出來，我發現他其實挺愛笑的。

奧丁沒理會尤里西斯，繼續說：「這不打緊，把她留在這裡不會有問題。」

「不，我不要一個人待在這。」我抗議，所有人看向我，「那個……我知道自己是拖油瓶，可越是這種時候，我越不想一個人待著……」

「妳不會是一個人呀，我會派人留下來保護妳。」奧丁的嘴角掛著微笑。

「但……」

「妳知道自己是拖油瓶，也知道到時一堆長生都會把妳當成目標吧？既然如此，爲什麼要去現場徒增風險？哪怕只有短短一瞬間，只要奧里林爲了妳而閃神，那他可能就死了耶。」

奧丁的話令我啞口無言。

我很清楚面對這種情況，我確實應該躲在安全的地方等待一切結束，而不是硬要衝上前線。

可是，我也清楚選擇兵分兩路通常不會有好事。

「童千蒔，妳平常不是很能言善道嗎？」尤里西斯饒富興味看著我。

而奧里林冷著臉對奧丁說：「我不贊成讓她待在這裡。」

「是呀，我們又難得意見相同了。」尤里西斯附和，「要死至少也得死在對方眼前，是吧？」

尤里西斯說得有點肉麻，但沒錯，無論發生什麼事，我都希望自己能親眼目睹，而不是事後聽別人轉述。

我深吸一口氣，「奧丁，我明白你的顧慮，事實上你說的也有道理，的確有可能因爲我的關係，導致奧里林和尤里西斯犧牲。」

「我倒是不在乎尤里西斯。」奧丁說，尤里西斯瞪了他一眼。

「所以，奧里林、尤里西斯，請你們跟我訂個契約吧。」

大概沒料到我會這麼說，他們兩個都睜大眼睛。

「妳認眞的嗎？」

「是的，絕不會犧牲自己的生命保護我，請和我立下這樣的契約。」我看著臉色原本就是蒼白的兩人，這下子他們看起來好像更沒血色了。

「哈哈哈！」奧丁大笑著拍手，「童千蒔，眞有妳的，現代的人類女子都是這樣嗎？還是妳特別不一樣呢？」

「她特別不一樣。」

「奧里林都這麼說了，那就是了。」說完，尤里西斯盯著我，「眞的得立這契約？」

「爲了保護你們，也爲了保護我自己。」我雙手握拳。

之前被昆恩跟喬伊襲擊的教訓就是，毫無自保能力的我只能等待尤里西斯的援救，且結果他還差點因此死了。

這一次，我不能再期待有誰能來救我，我不能懷抱生的希望。

「我欣賞妳的勇氣，但是童千蒔，請妳留在這裡，妳眞的會是一個麻煩。」

奧丁雙手撐在臉頰兩邊，露出人畜無害的微笑，語氣卻十分嚴肅，「我要妳乖乖待著，這就是我答應和你們結盟的條件。」

奧里林挑起一邊眉毛，尤里西斯則兩手一攤。

「妳會礙手礙腳，人類太弱小了。」奧丁厲聲說。

「這……」我咬著下唇，將目光投向尤里西斯和奧里林。

「奧丁，沒有商量的餘地嗎？」奧里林輕聲問。

「契約沒有用，你們還是會本能地去救她，而一違反契約，你們又會因此痛苦無比，反而更讓其他長生有機可趁。所以，這是我唯一的條件，沒得商量。」奧丁不願妥協，於是我們只能同意他的要求。

「那妳就待在這。」奧里林對我說，「這裡很安全。」

「雖然很臭。」尤里西斯皺了皺鼻子。

「彼此彼此。」奧丁說著，又吃了一塊蛋糕，「確定調解會和末時結盟了嗎？就算他們有共同目的，這個聯盟大概也比我們想像的脆弱。我聽說奧里林家被調解會的人翻得亂七八糟，他們是要找什麼？」

我們三個面面相覷，尤里西斯不能說，而我盯著桌上的食物，這件事本來就該由奧里林來說。

「有關如何讓長生走在陽光下的資料。」奧里林倒是回答得很自然。

「長生就是沒辦法待在陽光下，到底還要痴心妄想多久？不如這樣吧，我有個好主意，你乾脆說成功研發出可以讓長生承受陽光的藥，然後送給那些你討厭的長生，隔天——」奧丁兩手一拍，「他們就會統統被陽光晒死啦！可以輕鬆解決敵人，多棒啊！」

沒人知道該怎麼回應這番話。尤里西斯搔搔鼻子，站起來問房間在哪裡，他想要休息。司古老大不情願地在奧丁的命令下，帶領尤里西斯去他的房間。

「戰爭……什麼時候開始？」尤里西斯離開後，我問。

「早就開始了。」奧丁打了個哈欠，揉揉眼睛，「我也去睡一下好了。」

一名女侍抱起奧丁，將他帶離，周圍剩下幾個狼人，他們還是站得筆直，目光直視前方。

「那我還有時間和家人見個面或聯絡嗎？」我轉頭問還坐在沙發上的奧里林。

「恐怕沒有，小池已經催眠過妳的家人了，不需要擔心。」

「但如果我怎麼了……」

「妳不會有事。」奧里林說得斬釘截鐵。

「那如果我眞的怎麼了……」我深吸一口氣，「可以請小池繼續催眠我的家人，讓他們以爲我嫁到國外去了之類的嗎？」

奧里林盯著我，我低下頭，「我不希望在奶奶發生那樣的事之後，我也下落不明害家人難過……」

「這些事情，妳早在來找我之前就該考慮到。」

「我怎麼可能會想到這些？是你什麼都不講清楚就把奶奶帶走，然後小池的催眠也不做得徹底一點！是你們讓我心裡掛著懸念，是你們引導我來找你的！」我把錯全都怪到奧里林身上。因爲當年他讓奶奶回到人類世界，才造成了我如今站在這邊的必然。

「我說了，妳不會有事。」奧里林抓住我的肩膀，認眞地說。

我勉強壓下情緒點點頭，轉移話題，「小池會來這裡嗎？」

「他要等太陽下山才能過來。」

「那我也先睡了。」我詢問旁邊那個綁著麻花辮的高大男人，「可以帶我去我的房間嗎？」

男人點頭，要我跟著他走。

「奧里林，你也睡一下吧，雖然你們不太需要睡眠。」我扯扯嘴角。

他沒有回應，只是靜靜注視我，我揮了揮手，離開客廳。

第四章

「如果我和奧里林兩人只能有一個活著，妳會希望誰活下來？」

當我再次睜開眼睛時，外頭天已經黑了，我很訝異自己竟然睡了這麼久，而且完全沒有做夢。

我洗了個熱水澡，換上輕便的衣服和長褲，將頭髮盤成丸子頭。整理完儀容，我打開房門，先前帶我來房間的麻花辮男人待在門邊守衛，我尷尬地朝他笑了笑，他只是領著我走向客廳。

這座宅邸的長廊和現代的設計不太一樣，卻意外地不是以石磚砌成。還沒走到客廳，我就聽見奧丁大聲說：「等這次的事情結束，我要來重新裝潢我的房子。」

我不禁好奇，裝潢是奧丁自己來嗎？還是會找人類的工人？

客廳的門突然被打開，我嚇了一跳往後退，尤里西斯從裡面走出。看見我後，他挑起一邊眉毛，把客廳的門關上，「妳睡到現在？」

「難得沒有做噩夢。」我聳聳肩，「你要去哪？」

「裡面太臭了，我要找個空氣清新點的地方吃飯。」他晃了晃手上的兩個血袋。

「你怎麼會有？難道是奧丁幫你準備的？」聽到我這麼問，尤里西斯和麻花辮男人不約而同冷笑一聲，接著馬上因爲與對方反應同步而嫌惡地彼此互瞪一眼。

「怎麼可能？這是奧里林給的。眞是有夠屈辱，我連食物都要他施捨。」尤里西斯憤憤不平，逕自朝另一個方向走。麻花辮男人準備打開客廳的門，我連忙要他等等。

「尤里西斯，你打算去哪裡？」

他停下來，回頭看我，指了指前方，「前面的露天平臺吧。」

「我跟你去。」我想也沒想便說。

尤里西斯睜大眼睛，麻花辮男人也皺起眉頭，我對麻花辮男人說：「我們晚點就回來。」

「但……」麻花辮男人遲疑地開口。

「難道這還需要經過你們同意了？」尤里西斯毫不客氣地說，走回來拉起我的手。

麻花辮男人斂起笑容，神情不悅，尤里西斯也抬起下巴。眞是的，這些人怎麼動不動就要起衝突？我趕緊抓住尤里西斯的手腕，朝前跑去。

「麻煩你了，謝謝！」我一面跑一面扭頭對麻花辮男人喊。

尤里西斯的手腕一如我記憶中那般冰冷，我彷彿聽見他的聲音裡帶著笑意，

「什麼……」我想抗議，他卻瞬間反握住我的手，跑到我的前面。

「妳跑得好慢。」

他的髮絲隨著奔跑的動作而微微飛揚，嘴角掛著淺淺的笑意。我們太久沒有像這樣單獨相處了，於是我的嘴角也不禁勾起。

他所說的露天陽臺就在不遠處，我們很快抵達，一抬頭便看見無數星斗匯聚而成的燦亮銀河。

「好漂亮。」在奧丁家這裡所看見的自然景觀，全都遠比我在任何地方見過的還要美麗。

「因為精靈很多。」尤里西斯也望著夜空，我意識到我們兩個的手還牽在一起，於是稍稍使力想將手抽走，沒想到尤里西斯卻握得更緊。

「怎麼了？」

「什、什麼？」我竟然結巴了。

「和奧里林生活的這段時間，讓妳愛上他了嗎？」他看著我的眼神似乎帶著譴責。

「並沒有，尤里西斯。」雖然這麼回答，不過我覺得他沒有立場指責我。

「是嗎？」他好像很開心。

他甩了甩血袋，壓下正中央的管子，用力一咬，像是吸鋁箔包似的飲用起來。

我們靠在欄杆邊，一同看著星星。

「你最近過得怎樣？」我將手放在欄杆上，有點緊張。

「還能怎樣。」他聳聳肩，「只希望這一切能快點解決。」

解決了之後，我是不是就要跟奶奶一樣獨自回到人類世界，從此與長生劃清界線？

一想到可能會步上奶奶的後塵，一輩子思念長生所處的世界，我的心情就沉重得難以呼吸。

「我終於可以理解，當年奧里林爲什麼會把封允心送回人類世界了。」我對上尤里西斯的雙眼，那曾讓我恐懼不已的黃色眼珠，此刻看起來卻像太陽一般，明亮又令人感到溫暖。

「每個人都可以有自己的選擇。」我篤定地說。再怎麼樣，我都不會選擇奶奶走的那條路。雖然淒美、浪漫，可是當故事裡的主角變成自己，就不那麼美好了。那漫長的等待是多麼煎熬又痛苦。

「總之，無論如何選擇，都是希望對方活著吧。」尤里西斯淡淡地說。

「這句話由你說出口還眞是奇怪。」我壓抑著想落淚的衝動，打了尤里西斯一下。

他揉了揉肩膀，「好痛。」

「怎麼可能會痛。」我扯出微笑，「尤里西斯，答應我，你不會死。」

「如果可以，我一點也不想死。」

「你要盡全力活著，知道吧？」我認眞地凝視他。

尤里西斯努努嘴，血袋已經見底了，他打開另一包繼續喝，張口想說些什麼，卻又打住。

「怎麼了？」

「如果……」他停頓了很久，我再次「嗯？」了聲，他才繼續說，「如果我和奧里林兩人只能有一個活著，妳會希望誰活下來？」

我張大眼睛，這是什麼「我和你媽掉進水裡你會救誰」一類的白痴問題？

「喂，不准笑。」尤里西斯瞪我。

「我、我沒有笑啊。」事實上，我憋笑憋得非常辛苦，臉部表情還是出賣我了。

「我很認眞，童千蒔。」

「哈哈哈哈……好啦！等等，不要打我！你一個沒控制好可是眞的會打死我的！」我連忙阻止他。

「怎麼可能？就像妳用手肘撞我一樣，我才不會對妳造成傷害好嗎？」他翻了個白眼。

我敢打賭，尤里西斯用手肘撞我的力道，和我用的力道絕對不一樣，他可能無意卻仍一不小心就把我全身骨頭撞斷了。

「那我也很認眞地回答你，尤里西斯，我希望你們都活著。」

「但……」

「沒有什麼只有一個人能活下來這種事，你們都要活著。」我盯著他的雙眼。

他聳聳肩，喝完血液後把血袋揉成一團，丟進旁邊的垃圾桶。

「我沒有想到奧里林會希望變成人類。」尤里西斯悠悠看著星空，「原來像他那樣的長生，也有想要的東西……」

奧里林擁有令所有長生族羨的能力——能夠行走在陽光之下。

然而這樣的他，也有想實現卻曾經永遠無法實現的願望。

「你是不是覺得和奧里林親近了一點？」我開玩笑地說。

尤里西斯懶得理我。

「童千蒔，我問妳。」

「嗯。」今晚尤里西斯的問題還眞多。

「妳可曾……那怕只有一瞬間，妳可曾懷念過那段只有我們兩人的時光？」

「一直都懷念著。」我不假思索地回答。

那是我的第一場冒險，雖然旅途中充滿危險，可是在危機四伏的情況下，尤里西斯始終在我身邊。

尤里西斯勾起嘴角，似乎有些不好意思，原來他也會有這樣的表情。

「那你呢？」

他並未回答，卻拉起我的手，那輕微的搔癢感令我心動不已，又莫名心酸。

我們多看了一會兒星星，而後緩步走回客廳。在開門進去前，尤里西斯盯著門把，「我也希望妳活著，跟封允心一樣壽終正寢。」

這個瞬間，我的心酸澀無比，頓時落下眼淚，又迅速在被發現之前，擦掉了那滴淚。

我們一打開門，原本正在竊竊私語的奧里林和奧丁立刻坐正身子，連我都注意到了，尤里西斯也肯定會注意到。

而且，他們不可能沒發現我們接近，長生和狼人的聽力都好得很，所以他們應該是故意讓我們察覺他們在商談什麼祕密，打著要我們自己開口問的主意。

尤里西斯顯然同樣猜到了，他故意不探問，而是走到吧檯邊，打開了一瓶紅酒，問大家要不要喝。

「我覺得應該要先問我能不能喝才對，那是我珍藏的酒耶！」奧丁的小臉皺在一起。

「就是因為看得出來是珍藏的酒，所以我才開這瓶。」尤里西斯拿了四個高腳杯。

「你們剛才在說什麼？」我禁不住好奇，還是提問了，尤里西斯無奈地搖搖頭，拿著酒瓶與杯子過來坐下。

「小池來了。」

「他在哪裡？」

「司古已經去接他，就快到了。」奧丁微笑，我環顧四周，難怪沒看見比較熟面孔的那幾個狼人。

「這件事有什麼好裝神祕的？」尤里西斯冷笑。

「因爲小池帶來了一些消息，他在電話裡說得不太清楚，我和奧丁剛才在討論。」奧里林瞇起眼睛看我，「童千蒔，妳可能要有點心理準備。」

「該不會是我認識的人怎麼了吧？」我心跳飛快，緊張地起身，這時門正好被打開，略顯疲倦卻雙眼發亮的小池走進來。

「奧丁先生，好久不見了。」他禮貌地和奧丁打招呼，也恭敬地向奧里林致意，尤里西斯對此嗤之以鼻。

「尤里西斯怎麼在這呀？」小池故作驚訝，提高音調說。

「是呀，小池，沒想到你還活著。」尤里西斯輕蔑地笑。

「上次見面是你想偷襲千蒔小姐的時候呢。」小池故意提起。

「對耶，感覺是好久以前的事了。」遙想當初我還在住家附近的巷子被尤里西斯跟蹤，那時我不相信有吸血鬼存在，還把奶奶說的故事當成笑話，沒想到，如今我竟走到了奶奶當初都沒走到的地方。

「我當時沒有眞的要偷襲妳，只是想確認一些事。」尤里西斯解釋。

小池挑起一邊眉毛，「怎麼回事？你居然會向人類解釋你的行爲？啊，千蒔小姐，我並不是看不起您，而是像尤里西斯這樣的長生，怎麼會……喔！因爲他愛上您了呀！」

這句話讓我差點將手裡裝著紅酒的高腳杯打翻，尤里西斯則瞬間把酒瓶捏碎，奧丁先是因爲小池的話哈哈大笑，發現尤里西斯捏碎酒瓶灑了一地紅酒後，又哀號起來。

「小池。」奧里林卻冷著聲音。

「是的，奧里林先生。」小池臉上猶帶滿意的笑容，來到奧里林身後。

尤里西斯不高興地別過頭，而我不知道該如何反應，只好一直喝著杯中的紅酒。

難道奧里林所說的心理準備就是指這個？因爲小池會故意糗我和尤里西斯？

司古滿臉不悅地對綁麻花辮的狼人說：「小麥，過來整理一下。」

但一旁的女侍已經拿著掃把和抹布過來，奧丁還在心疼他珍藏的紅酒灑得滿地都是。

「關於你剛才說的那件事，再說一次吧。」奧里林停頓了下，「我是指在電話裡說的那件事。」

「好的，奧里林先生。」小池斂起微笑，看著我嚴肅地開口，「首先，千蒔小姐，我已經催眠您的家人了，那邊不會有問題。」

我終於稍稍擺脫擔憂的情緒，鬆了一口氣，「那就好，我還以爲發生什麼意外了。」

「確實有意外沒錯，當我待在千蒔小姐家的時候，您的好朋友梁又秦來了。」

我皺起眉頭。梁又秦平常很少到我家，更別說她明知道我人在外地，爲什麼會去？有事找我的話，打電話不是更快嗎？

「等等，你該不會又吸她的血了吧？」我瞇眼，並沒有忘記小池之前做過的事，雖然也是因此才得知在咖啡廳觀察我的長生是薩爾。

「當然沒有，不過我對梁又秦來千蒔小姐家的事感到很好奇，所以跟蹤了一下。」

「你跟蹤她？等等，從頭到尾仔細說一遍好嗎？」

「當時我正在催眠您的家人，對講機突然響起，我沒有應門，只是從窗戶往外看，確認訪客是誰。發現是她以後，我立刻跟了上去，發現她在一個轉角處停下來打電話，說了句『千蒔家的燈亮著，但沒人應門，不太對』。」

這的確有點奇怪，我們兩個的共同朋友不少，然而不可能有任何朋友會請她回報這種事。是在確認我的行蹤？

可是退一步來說，這句話也不算特別有問題，雖然在場其他人聽了小池的敘述後，表情都有些嚴肅，「你們覺得不對勁嗎？」

「當然不對勁啊，她是在跟誰報告？」尤里西斯眉頭深鎖。

「千蒔，妳有想到可能的對象嗎？例如妳們的朋友之類？」奧里林雙手交握。

我搖頭，沒有這樣的人存在。

「或是前男友？」尤里西斯的話害我差點嗆著。

「更不可能！就算是前男友想打聽我的行蹤，梁又秦也不可能告訴他們。」

對於我激動的反應，尤里西斯只是聳聳肩，奧里林倒是揚起嘴角笑了下。

「你們覺得是哪個長生幹的？」奧丁又開了瓶紅酒，故意沒幫尤里西斯斟酒。

「說不準，不過薩爾咬過梁又秦，也許是他的指示。」奧里林猜測。

「梁又秦問過妳的行蹤嗎？」尤里西斯問。

我再次搖頭，接著頓了頓，「等等……」

「妳想到什麼了？」奧丁追問。

「我在奧里林家的時候，曾經用LINE和梁又秦聯絡過，她有叫我拍張照片傳給她……」

尤里西斯拍了下自己的額頭，而奧丁「哈」了一聲。

「然後薩爾就出現了，是嗎？」小池摸著下巴思索。

「我沒有拍到任何會透露所在地的東西，這一點我特別注意過，我只拍了桌面上小池所做的點心而已！」我拿起手機，找出那張照片給他們看。

奧里林一看，馬上篤定地說：「不用懷疑了，看來薩爾催眠了她，光是憑這張照片，薩爾就會知道地點是在我原本的家。」

「爲什麼？」

「我沒記錯的話，那條桌巾正是薩爾送的吧？」奧丁指著照片裡那白底藍線的繡花桌巾。

奧里林點點頭，而我不敢置信。

梁又秦被薩爾催眠，變成我身邊的眼線了？

「不對呀！小池，你之前咬過梁又秦，雖然有看見薩爾吸她的血，但薩爾並沒有催眠她吧？」

小池一愣，歪著頭說：「是的。」

「那梁又秦就不會是薩爾的眼線，這只是巧合。」我試圖憑這點洗刷梁又秦的嫌疑。

「沒有巧合，只有必然，這可是妳說過的話。」奧里林反駁。

「但……」

「吵什麼，妳現在打一通電話給梁又秦試探看看，不就行了？」尤里西斯說完，所有人都看著他，「幹麼？」

「只是沒想到你也有提出好建議的時候。」奧里林說，尤里西斯回敬他一個難聽的字眼，令小池十分不滿。

我實在不喜歡這麼做，然而若要證明梁又秦的清白，也只有這個方法了。況且，就算她眞的是薩爾的眼線，那也是因爲被催眠了。

「好，我打看看。」我撥了梁又秦的手機，屏息等著她接聽，她很快接起來，我開啟擴音功能。

「千蒔，終於想到我啦？」她的語氣一如往常那般輕快。

「嘿，最近怎樣？」我的聲音略顯沙啞。

「還不就那樣，工作很忙。妳呢？跟前輩以及身邊那人的問題解決了嗎？」

我連忙咳了一聲，忽視奧里林和尤里西斯狐疑的目光，「不要說這個啦，妳呢？和那個住在同棟大樓的男生怎麼樣了？」

「喔，沒戲啦，反正本來也沒發生什麼。」

我抿抿唇，接著問：「梁又秦，妳最近去過我家嗎？」

「沒有呀，怎麼了？」她毫不猶豫地回答。

「因爲曉淵好像看到妳了。」我瞎扯。

「看到我？什麼時候？」她似乎很訝異。

「昨天晚上她去我家拿東西，結果在她上廁所的時候，門鈴響了。她說等她跑出來拿起對講機時，已經沒有回應，所以她從窗戶往外看，見到妳在我家樓下，正要離開。」沒想到臨時想出的謊言我也能說得這麼順口，看樣子說謊也許是人類的天性之一。

「喔，對啦，我想起來了，我昨天是去過，還想說奇怪，爲什麼妳家燈亮著，卻沒人應門，原來曉淵在。她一個人嗎？妳爸媽呢？」

「他們昨晚去看舞臺劇了。妳去我家有什麼事嗎？」

「沒什麼啦，我前兩天從同事那裡收到花蓮的土產，想拿去送給妳爸媽一些。」

「這樣啊，沒關係，妳自己留著吃就好。」我的目光落到小池身上，他輕輕搖頭。

「對了，千蒔，妳現在在哪裡？」忽然，梁又秦提出一個很怪異的問題。

我皺起眉頭，「什麼意思？」

「妳之前不是說要出差？那妳現在在哪裡出差？」梁又秦的說法像是硬拗。

「喔，我已經回來了，現在待在租屋處。」

「那我可以去找妳嗎？」她急切地問，「我好需要見妳，聊聊近況。」

我不敢置信地抬頭望向奧里林他們，尤里西斯攤手一笑，顯然已經認定梁又秦有鬼。

「不了，我明天又要開始忙了。」

「那妳可以自拍一張照片傳給我嗎？」

「爲什麼？」

「我想知道妳的氣色怎麼樣嘛。」

這下子，我眞的有些害怕了。我深吸一口氣，「梁又秦，妳是想打探我什麼嗎？」

「不，怎麼會呢？」她笑了笑，「那晚安。」

她掛了電話，速度快得不自然。

「我很確定她手上沒有拿任何像土產的東西，她的提包也小得放不下任何較大的物品。」小池搖搖頭。

「童千蒔，接受現實吧，她的確在打探妳。妳想想看，她是不是常跟妳要照片，或是確認妳的所在位置？」尤里西斯晃著酒杯。

「她去我家幹什麼？」我有些顫抖。

「可能是想找什麼，畢竟薩爾派的人在我家什麼也沒找到。」奧里林說。

「也許、也許她是在我離開家以後才被薩爾催眠，而且也不一定是被薩爾，可能是其他長生……」

「不，絕對是薩爾，因為只有薩爾咬過她。您離開之後，她沒有再被其他長生咬過。」小池的篤定讓我皺了眉頭，見我滿臉懷疑，他才笑得燦爛坦承，「抱歉，因為我實在太在意了，所以在她通完電話後，我咬了她。」

原來說謊並不是人類的專利。

「你沒看見和她通電話的人是誰嗎？」我問。

「沒有，我們只能透過這種方式看見一些片段，長生沒那麼神通廣大，看不見所有記憶。不過至少我能確定，她沒有被薩爾以外的長生咬過。」

「也就是說，她並未被催眠。」奧里林指出重點。

「所以，她是基於自我意志去當薩爾的間諜。」奧丁拍了下手。

「不！這不可能，我和梁又秦高中就認識了，她不可能在沒被催眠的情況下……」

我的話停了下來，渾身顫抖不已。

「那麼，她就是從高中時代開始就待在妳身邊擔任眼線，把消息回報給薩爾。」尤里西斯瞇著眼睛，說出我無法說出的可怕事實。

「嘿，我叫梁又秦，妳是童千蒔對吧？我想我們一定可以成為好朋友的。」

我想起高中時，梁又秦對我說的第一句話。

那是有目的的嗎？

她是爲了幫薩爾監視我，所以才和我當朋友的嗎？

薩爾這麼做有什麼用意？

但是，我第一次在捷運站遇到薩爾時，他還將我錯認成奶奶。

如果眞的是他將梁又秦派到我身邊，照理說不該不知道我和奶奶長得相像。我把這個想法說出來，而小池微笑。

「也許薩爾沒想到會像到這種地步吧，親眼所見的震撼程度不同呢。」

「我還是不敢相信……」

太誇張了，現在跟我說這是早在很久以前就策劃好的陰謀，我要怎麼相信？

忽然，我的手機響起，我嚇了一跳，是梁又秦打來的。

「接吧。」奧里林說。

「我不知道該和她說什麼……」我的腦中亂成一團。

「那就聽聽她要說什麼。」尤里西斯眼明手快地按下通話鍵，不忘開啟擴音。

「……」電話那頭沒有聲音。

「梁又秦？」我喚了聲，卻聽見不屬於梁又秦的笑聲。

這笑聲讓在場所有人瞬間繃緊神經。

「奧里林，你們逃到哪裡了？」

薩爾的聲音從那頭傳來。

第五章

「奧里林先生，我支持您變成人類，只要那是您所願，我願意付出所有。」

我和梁又秦是在高一時認識的，因爲我不擅長主動和人攀談，外表又給人難以相處的印象，所以開學一個禮拜後，下課時間我依舊只能一個人坐在位子上看書。

其實我的內心爲此十分焦急，尤其是看著班上逐漸出現一個個小團體，我還只能獨來獨往，於是更無法不感到孤寂。

不久，有個轉學過來的插班生改變了情況，就是梁又秦。

據說，以她的成績原本是考進另一所更好的高中，由於家庭因素，她才轉進了這所學校。

她長得漂亮，而且是讓人覺得親切的那種漂亮，沒有距離感，所以很快就吸引了班上同學們的目光，大家都主動去和她攀談，並帶她認識校園，與我的處境形成強烈對比。

沒想到，這樣的她居然主動來向我打招呼，當下我的驚訝難以言喻。

從此我們時常聊天，發現彼此的興趣、個性都相當契合，其他同學見我和梁又秦聊得開心，也紛紛過來跟我說話。

於是，我的高中生活在梁又秦的陪伴下，過得非常愉快。

我們考上同一所大學、同一個科系，但能再同班完全是命運的安排。一路走來，我們都沒有吵過架，好像一切都是那麼理所當然，我們心裡想的一樣、選擇的做法一樣，她從來沒有與我意見相左的時候。

——然而，怎麼可能不會意見相左？

原來她都在配合我，爲了當我最要好的朋友。

我的眼淚大顆大顆滑落，緊緊摀著嘴，不敢置信。

「薩爾，梁又秦一直是你的眼線嗎？」奧里林開口確認這個我難以接受的眞相。

「是。」薩爾的語氣很開心，「童千蒔覺得受傷嗎？」

「怎麼可能！當時我根本不知道長生的存在，你怎麼可能先把梁又秦安插在我身邊！」我忍不住喊。

「我所做的事都是爲了以防萬一。我們何不見面的時候再好好聊呢？」薩爾笑著，「調解會的人沒找到我要的東西，奧里林，我知道在你那裡。」

尤里西斯瞥了奧里林一眼，而奧里林緇著臉。薩爾想找的東西是什麼，絕對不能讓小池以及奧丁知道。

「帶著東西來找我，奧里林。」薩爾低聲說，「不然梁又秦……」

「不要傷害她！」我大叫。

「她可是背叛妳了，不，應該說她打從一開始就不是站在妳這邊。」尤里西斯滿臉不可思議。

「尤里西斯？你也在啊，末時知道會氣死的，哈哈哈。」薩爾爽朗的笑聲很是刺耳。

「閉嘴，薩爾。」

「看來傳聞是眞的了，我原本還不太相信。」薩爾戲謔地說，「你愛上了童千蒔。」

「這句話我到底要聽幾次？」這次尤里西斯沒有尷尬，而是怒氣沖沖。

「眞是太有趣了，果然活得越久可以看見越多有趣的事物。例如現在，童千蒔呀，怎麼梁又秦背叛了妳，妳還在乎她的死活呢？」

「她是我的朋友！」不管梁又秦是怎麼想的，這些年來，她始終在我身邊支持著我，這是無可抹滅的事實。

「那就來見我吧，帶著我要的東西。」薩爾說完就掛斷電話，再撥過去時已經變成轉入語音信箱。

「看樣子，計畫有變嘍？」奧丁打了個哈欠。

「我一定要去，我不能在這裡待著，一定要跟著去。」我強烈要求。

「這或許是個陷阱，末時說不定也在那裡。」奧丁警告。

「不，末時和薩爾要的東西不同，末時是要我的命，薩爾要的則是別的，所以不可能……」

「看來，我們得兵分兩路了。」尤里西斯下了結論，「末時的目標是我和童千蒔，所以我們兩個最好分開行動，而既然薩爾要的東西跟奧里林有關，那你們兩個勢必得一起去。」

奧里林點頭，小池表示想和我們一同前往，奧里林也同意了。畢竟小池時常去催眠梁又秦，比較清楚整體狀況。

「雖然很不想和奧丁一起，但我們這邊就去調解會那裡吧。」尤里西斯活動著脖頸。

「我也不想好嗎，我還有遊戲沒破關呢！」奧丁抱怨，招手讓司古過來，「傳令下去，我們與奧里林以及尤里西斯結盟，目標是毀了調解會，或是殺了任何對奧里林造成威脅的長生。」

司古頷首，「是。」

「派幾個人和奧里林他們一起去找薩爾，司古你們跟我去調解會。我不在的時候，凱莉，妳說的話就等於我說的。」

聞言，一直以來都負責服侍奧丁的女人點點頭，沒想到奧丁會賦予她這麼大的權力。

「凱莉是奧丁第一個轉變的狼人。」奧里林彷彿看出我的訝異，在一旁小聲解釋。

「所以狼人是『轉變』來的？」我驚訝地說。

「是呀，我原本是人類，因此可以讓人類變成狼人，不過只有我具備轉變人類的能力。」聽見我們的對話，奧丁得意地微笑，攤開雙手。

我打量周遭的狼人，原來他們過去都是人類。

「比較麻煩的是，狼人無法孕育後代，壽命也有限，所以每隔一段時間我就得轉變人類來維持我族的數量，否則長生老是虎視眈眈想作掉我。」奧丁像是在碎碎念似的。

「奧丁，小心點。」奧里林插話。

奧丁望著奧里林，勾起一抹笑後擺擺手，「你也是。」

「我們必須出發了，趕在天亮前找到薩爾吧。」說完，奧里林轉過身，尤里西斯將自己的車鑰匙丟給他。

而小池朝奧丁微微欠身，迅速追上奧里林。

我向奧丁道別，然後凝視著尤里西斯，他神情漠然。

「記得你答應我的話，尤里西斯。」我說。

「嗯，妳也是。」尤里西斯扯了下嘴角。

總共有四個狼人跟隨我和奧里林行動，分別是綁了麻花辮的小麥、皮膚白皙的明智、五官深邃的鹿旬，以及相對其他狼人來說較爲矮小的肆七。

跟著他們的腳步，我們很快回到樹林外的車輛停放處，尤里西斯的紅色跑車十分顯眼。小麥他們乘上吉普車，兩台車子先後駛上國道。

薩爾沒有說他在哪裡，但想必和梁又秦在一起，所以我們的目的地是梁又秦家。我暗自祈禱，希望薩爾沒有傷害梁又秦的家人。

心跳異常劇烈，我不安地雙手交握。此時負責開車的小池出聲：「薩爾要找的，是讓奧里林先生變成人類的方法嗎？」

我沒有答話，奧里林也沉默著。

「沒猜錯的話，方法是在那本繪本裡頭吧？千蒔小姐沒把繪本帶回宅邸，而奧里林先生的房間裡顯然也沒有，所以威里他們才會找不到。當時你們燒掉的東西，就是這個嗎？」

小池很聰明，又比奧丁知道的多一點，所以無法對他打馬虎眼。奧里林靜默了幾分鐘後才開口，在這段期間，小池沒有再說話。

「是，他要的找就是那個。」

「但我不明白的是，薩爾知道了那方法也沒有用，不是嗎？能變成人類的，只有同時具備長生與人類血統的奧里林先生您而已吧？」

小池的疑問跟我們相同，不過既然薩爾想要，就肯定有其用意。他究竟是爲了什麼？

難道繪本裡面其實有更重要的資訊，我們不小心遺漏了？可是繪本已經燒掉，也無法再確認這點，一切都像霧裡看花一樣，毫無對策的我們只能心急如焚。

「還是應該從相反的方向思考，薩爾並不是想要變成人類，而是不想讓奧里林成爲人類？」我提出另一個觀點，奧里林回頭看我一眼，又轉回目光，看著前方道路。

「千蒔小姐，您說的也很有可能！對了，那本繪本的內容是什麼？難道交給薩爾以後，奧里林先生就會沒辦法變成人類嗎？」小池激動地問。

「小池，你問太多了。」奧里林冷聲說。

或許是因爲奧里林很少對小池這麼嚴厲地說話，因此小池嚇了一跳，頓時十分沮喪，「我很抱歉。」

見小池這樣，我有些心疼，但奧里林是爲了小池好，小池不能知道眞相。

一路無話，直到想要上洗手間時，我才開口要求奧里林開到休息站。

抵達休息站後，奧里林和小池也下了車，不過並沒有離開的意思。長生不需要上廁所，也不會流汗，雖然外貌與人類如此相似，生理機能卻完全不同。

而狼人比較接近人類，所以他們也紛紛前往洗手間，有幾個還在一旁伸懶腰跟抽菸。洗手間的人並不多，我很快返回停車處，卻只看見小池站在那裡滑手機。

「奧里林呢？」我靠向他，小池關閉手機螢幕，放進口袋中。

「奧里林先生說要去幫千蒔小姐您買點吃的，這原本該是我的工作，可奧里林先生堅持自己去。」小池看起來還是很沮喪，眉頭皺在一起，「我肯定是說錯話了。」

「小池，你會希望奧里林變成人類嗎？」

「我一直希望千蒔小姐您能拯救孤寂的奧里林先生，而如果成爲人類是讓奧里林先生獲得救贖的方法，又能令他與您在一起生活，彼此相伴，那麼我會支持奧里林先生。」

我嘆了口氣，這就是最麻煩的地方了，小池絕對會義不容辭爲奧里林奉獻自己的生命。

「千蒔小姐，您也看過那本繪本吧？」小池誠懇地看著我。

「不，我不會告訴你的。」我擺擺手。

「我眞的不能知道嗎？也許我有辦法幫上奧里林先生。」小池迫切地說。

我用力搖頭，「小池，奧里林已經不想成爲人類了。」

小池訝異地問：「爲什麼？這不是奧里林先生最大的心願嗎？」

「心願也分爲能夠達成和不能夠達成的。」

「但是明明有方法呀！奧里林先生可以的。難道是過程會很艱辛，或是需要什麼難以取得的物品嗎？」

我扯扯嘴角，「總之，奧里林已經放棄成爲人類了，而關於他的孤寂，我想小池你不需要擔心，他有你和奧丁，其實並不孤寂。」

「不，千蒔小姐，孤寂並不是指身邊沒有人陪伴。奧里林先生的內心是深不見底的空洞，允心小姐曾經是唯一的光亮，不過千蒔小姐您更特別，您像太陽一樣……雖然對長生來說，陽光是毒藥，可是千蒔小姐您的光亮可以將奧里林先生的黑洞照亮，您的陪伴比我們重要多了。」

「我沒辦法陪他太長的時間。」我苦笑。

「所以，奧里林先生才應該成爲人類。」小池認眞地說。

我無法直視他那雙眼睛。

「小池，最好不要再追究繪本的內容，奧里林會生氣的。」

「奧里林先生也不許您說嗎？」小池又問，如此追根究柢，實在很不像平常的他。

「是的，小池。」

「既然您都這麼說了，那麼我不會再問。」小池往後退了一步，那微笑似乎別有深意。

「你們在說什麼？」奧里林冷不防出現在我身後，我忍不住翻白眼。

「你們走路爲什麼都不能發出一點聲響？」

「我有發出聲音，妳自己沒聽見。」奧里林現在很會回嘴。

我們回到車上，再次往臺北的方向駛去，我撥了幾次電話給梁又秦，全都轉入語音信箱。

下交流道的時候，我傳了訊息給尤里西斯，告訴他我們即將抵達，並祝福他們平安順利。尤里西斯很快讀取，但沒有回覆，我也習慣了。

在我把梁又秦家的位置告訴小池前，他已經準確地駛入通往梁又秦家的道路，不過當接近她家外面的那條大馬路時，我察覺了不對勁。

太安靜了。

「怎麼回事？」我有些驚慌。

梁又秦的家位於市區，附近有捷運站和火車站，即便是在深夜，也會有許多賣消夜的攤販，更別說附近還有所大學，平時總是聚集許多夜貓子學生。此刻路上不見半輛汽機車，這太詭異了。

「童千蒔，別忘了妳的項鍊。」奧里林低聲囑咐，我捏緊胸前的十字架項鍊。

我們的兩台車子開在無人的馬路上，只聽得見引擎的聲響，小麥他們想必也發現了異狀。

我看了看路旁的便利商店，燈也是暗的。

這時，前方路中央冒出一個人，我嚇得差點尖叫，小池踩下煞車。雙方距離約莫八百公尺，我看不清楚對方的長相，而下個瞬間，對方迅速靠近我們，再下個瞬間已經在前面的路口。

對方是個小女孩，她的臉上掛著淺淺的微笑，肌膚白淨，綁著兩條辮子，身上穿著附近某所小學的制服。

但她那移動的速度根本不可能是人類。

她跳上我們的車頂，奧里林瞇著眼，小池不禁嘆氣，「這麼年輕的長生……薩爾是怎麼回事？」

「他想測試我們下不下得了手吧。」奧里林說。

小池聳聳肩，回過頭對我微笑，「千蒔小姐，您最好閉起眼睛，並摀住耳朵喔。」

我立刻照做。

閉上眼睛前，我看見小池露出尖牙、打開車門，我才剛要縮到後座的角落，便感覺到車子再度往前行駛。我睜開雙眼，小池已經坐回駕駛座。

回頭看去，小麥他們的車仍跟在我們後面，道路右後方有一灘血泊，剛才的小女孩就躺在那。

「嗚！」我差點吐出來，連忙轉過身掩住嘴，覺得胸口悶得難受。

「童千蒔，妳要習慣。」奧里林冷酷地說。

習慣什麼？

習慣鮮血？

習慣屍體？

也許我還是太天真了，接下來將不斷目睹類似的場景，如果我每次都這麼要死不活的，眞的只會成爲拖油瓶。

我深呼吸，再緩緩吐氣，告訴自己把那具屍體當成假的，就當作是在參觀片廠，我所看見的屍體其實是道具，雖然這一切都是眞的。

小池透過後照鏡看著我，露出熟悉的微笑，全身滴血未沾。

「梁又秦的家就在前面。」我低聲說，雖然小池知道，不過他還是點點頭，要大家留意周遭。

兩旁的大樓內十分陰暗，只有馬路邊的路燈及紅綠燈正常運作著，依舊完全沒有行車。

忽然，我看見大樓的窗戶邊有人影，於是趕緊出聲：「大樓裡有人！」

與此同時，一連串的玻璃的碎裂聲從四面八方傳來，我忍住尖叫，我想這是我現在最需要學習的事。

小池用力踩下油門，車子飛快前衝，後方的小麥他們也跟上。

「繫好安全帶！」奧里林對我喊，我迅速將安全帶繫上。

碰撞聲接連響起，許多長生從大樓跳下來，穩穩落在馬路上後，立刻朝我們的車子奔來。

小池拚命打著方向盤，在馬路上高速蛇行，期間輾過了一個長生。車子一陣顛簸，而被輾過的長生滾了好幾圈，又爬了起來，那渾身浴血的模樣讓我想到喪屍片的場景。

小麥他們的車子也左搖右擺地開，還刻意去撞那些長生，有幾個長生被他們撞到不再動彈，仔細一看，是因爲頭都斷了。

我深深吸氣。即使是長生，也是一條生命，爲什麼要這麼做？難道就不能好好談嗎？

「薩爾根本沒打算談吧？」奧里林沉著臉，「小池，停車。」

「奧里林先生！」

「停車。」奧里林重複，小池只好聽命。

後頭的吉普車也緊急煞車，發出長長的煞停聲響。

「奧里林！」我緊張地喊。

他看了我一眼，揚起嘴角，「妳別下來，也不要解開安全帶。」

他打開車門，吉普車的車門也被打開，但奧里林對狼人們擺擺手，示意不必插手，於是他們又回到車上。

四周至少有十個長生，有男有女，一名身穿西裝的高眺男人向前一步，雙手背在身後，姿態看起來相當紳士。

「奧里林。」

「蓋密斯，你什麼時候和薩爾站在同一邊了？」奧里林面無表情。

蓋密斯歪頭一笑，聳了聳肩，「就像你和尤里西斯站在同一陣線一樣，這眞是不可思議。」

奧里林的目光掃過每個長生的臉龐，「我們只是來找薩爾而已，你們沒必要動手吧？」

「我也同意，但……」蓋密斯朝後一指，地上躺著幾具長生的屍體，「你們已經動手了。」

「是你們先不懷好意。」

「這我也不否認。」蓋密斯露出白森森的尖牙，「還是你把要交給薩爾的東西先交給我，我們就撤了如何？」

「你們知道薩爾要什麼？」

「不就是能讓長生行走於陽光下的方法？威里他們幾個拿回來的全是垃圾，你藏到哪去了？奧里林——」蓋密斯說著，朝奧里林衝去，電光石火之間，其他長生也同時發動攻擊。

我正要大喊，小池已經迅速下車，和幾個長生打鬥起來。

鹿旬以及明智等狼人也衝下車，他們仰天長嘯一聲，所有長生瞬間停住動作，而下一秒，他們的頭部變成狼的模樣，身體也長出濃密的毛，但依舊以雙腳站立。

「你們居然找來了狼人！」一名長生怒吼，接著好幾名長生朝狼人們衝去。

擁有黑色毛皮的鹿旬張大嘴巴，飛撲到其中一個長生身上，將對方壓制在地並咬住喉嚨。

白毛的明智也做出相同的行動，可是另一名長生跳上他的背，在他身上咬出一個血口。

不過肆七很快過來支援，有著褐色毛髮的他咬住那名長生的後頸，瞬間將對方的脖子撕裂，頭一甩便把咬下來的頭拋到一邊。

而奧里林已經解決掉三名長生，他幾乎不需要用嘴咬人，徒手就能令敵人頭身分離。

蓋密斯早已失去剛才的優雅從容，髮絲淩亂無比，臉上還沾染了血跡。他把食指和大拇指放入口中，用力一吹口哨，瞬間玻璃碎裂聲此起彼落，更多長生從兩旁大樓的窗戶跳下。

我在車子裡貼著車窗觀戰，敵方的數量多得可怕。

這條路上的人類都去了哪裡？爲什麼會這樣……

忽然，有人試圖打開車門，我嚇了一跳，發現後座的另一邊有個不認識的長生正使勁拉著車門，幸好小池下車前反鎖了。

我縮在角落，告訴自己不能尖叫。

同時，我這邊的車門外也出現一名長生，說時遲那時快，一道黑影撲來，是小麥。他瞬間咬死在我這邊的長生，小池則抓走了另一個。

我緊握著自己的十字架項鍊，心臟彷彿要跳出來似的。敵方的長生少說也有二十名，四個狼人雖然占了上風，但他們氣喘吁吁的模樣讓我不禁擔憂，畢竟他們也會感到疲累。

小池被三名長生包圍，奧里林那邊則有十名，同時還有好幾名長生朝車子跑來，這樣他們既要對付敵人，又得分神保護我——

不，不可以，我不能當個弱者。

我解開安全帶，從後座爬到了駕駛座，再次繫上安全帶後踩下油門，朝長生們撞去。大多數的長生都閃開了，但有幾個就這麼被我撞得稀巴爛。

撞擊的聲音以及車子輾過軀體的顛簸，讓我不自覺熱淚盈眶，雙手顫抖。我壓抑著想吐的衝動，努力轉動方向盤掉頭撞向別的長生。

地上全是鮮血與屍體，敵人的數量卻沒有減少，不斷有新的長生出現。再纏鬥下去，只會消耗掉狼人們的體力，還有奧里林他們的……

「小池！」奧里林忽然大吼，小池聽了立刻朝車子奔來。中控鎖被打開的聲音響起，小池在我高速行駛的狀況下開啟車門，坐進了後座，接著按下鎖門鍵，在千鈞一髮之際擋住了一個正要打開車門的長生。

接著，小池拿黑布將自己嚴嚴實實地包起來，縮到後座的地墊上。

我看見奧里林將手伸進外套胸口處的內袋，拿出一個像是藥盒的東西，從裡面取出一顆發光的紫色石頭，那和鑲在我的鍊墜上的紫鋰輝很像。

隨後，他用力一捏石頭。

強光瞬間照亮四周，長生們發出淒厲的尖叫，光線刺眼得讓我反射性閉上眼睛，緊急踩下煞車。

光芒只持續了一瞬間，當我再次睜眼時，覺得眼前的物體都出現了重影，我甩甩頭，瞇著眼睛想看清前方狀況。

只有奧里林以及四個狼人還站著，狼人們已經恢復人形，都揉著雙眼。

倒在地上的長生有些身軀腐爛，痛苦地哀號，有些已經變得像灰燼一般，一碰就碎。

奧里林向狼人們頷首，小麥等人返回吉普車，而奧里林朝我這邊走來，我傻愣愣地解開安全帶，打開車門。

空氣中充斥著燒焦的味道，陣陣白煙瀰漫，那不是霧氣，而是長生被陽光照射後蒸發所形成的氣體。

奧里林瞥了眼後座的地面，小池從黑布中爬出，除了身上帶了點血跡之外，看起來毫髮無傷。

「我來開車吧。」小池微笑，移動到駕駛座。

我打量著奧里林，他滴血未沾，頭髮也沒亂，整個人跟平常沒有兩樣。

然而卻死了將近三十名長生。

「妳剛才那樣開車很危險。」奧里林低語。

「我總不能坐以待斃。」我伸手撫摸他的臉龐，感覺到我的顫抖，他反握住我的手，幫我開了後座的車門。

奧里林坐進副駕駛座，我們繼續向前。

「那是陽光吧。」

「嗯，薩爾多半是想逼我用掉，以防我拿來對付他，不過我的手裡還有兩個。」奧里林說。

他將陽光儲存在紫鋰輝之中，那對長生來說是殺傷力極大的武器，也只有奧里林有辦法使用。

「小池，你沒事吧？」我有點擔心，畢竟光線無孔不入。

「很痛呀，但我有忍住沒尖叫。」小池驕傲地笑著。

想不到，在才剛剛殺了這麼多人的情況下，我們還能談笑自如。

梁又秦的家就在前方的大廈裡，我再次撥打她的電話，依舊轉入語音信箱。

「就是這裡了。」我說。

管理員不在，整棟大廈彷彿空城一樣，異常寧靜。我嚥了嚥口水，按下電梯按鈕。

電梯裡的空間非常大，我們八個人站在裡面還綽綽有餘。抵達梁又秦所住的樓層，我正準備踏出，小池卻攔住我，「讓我先走吧，千蒔小姐。」

於是，我走在小池和奧里林中間，小麥和鹿旬接著出來。就在明智要出電梯時，一陣劇烈的摩擦聲忽然響起，電梯的梯廂瞬間整個往下掉，明智踏出一半的腳就這樣硬生生被下墜的電梯切斷。

我忍不住尖叫，小麥立刻往回跑，但已經來不及了。

「明智！肆七！」小麥吼著，卻只能聽見他們兩個的慘叫，以及梯廂重重墜地的聲音。

我顫抖不已，須臾之間，我們就折損了兩名狼人。

鹿旬氣得捶牆，小麥站直身子，轉過頭怒吼：「一定要殺了他！」

他剛毅的臉龐上帶著淚水，鹿旬也是。

這棟大廈的格局和飯店相似，長長的走廊兩邊有許多道門，每層樓共有八戶，梁又秦的家位於走廊底端。

兩側的門驀地同時打開，每道門各走出兩名長生。

這一次，小麥和鹿旬沒等對方展開攻擊，便化爲狼的姿態，直接朝那些長生撲去。

小池一馬當先衝向前，而奧里林將我往後推，把手壓在我的胸口，我感受到那條項鍊的灼熱。

「照顧好自己，童千蒔。」他冰涼的氣息吐在我的臉上，表情看不出一絲畏懼。

「小心點。」我握緊鍊墜，對他點頭。

奧里林揚起一抹笑，轉身也往前方跑去。

混戰之中，小麥幾乎殺紅了眼，失去同伴的傷痛令他狠狠撕裂了好幾個長生的喉嚨，鹿旬也不遑多讓。

我太專注觀戰，沒有注意後頭大開著門的電梯，兩名長生悄聲無息從那底下的幽黑之中爬出，冷不防抓住我的肩膀將我往後拖，想讓我也墜入深深的黑暗裡。

好在我的反應還算快，立刻伸手扣住電梯門旁的牆緣，他們咬了我，我感覺到肩膀傳來劇痛，不過很好，就是要咬我。

我的項鍊頓時發出光芒，兩名長生尖叫著鬆開了手與嘴，失足從電梯口墜落。

項鍊的光芒也波及了前面的幾個長生，不過小池位於接近走廊尾端的地方，所以受到的傷害並不大。好幾名長生因陽光造成的疼痛而跪地，鹿旬逮住機會，將他們一次解決。

最後，戰鬥終於結束，昔日來過不少次的走廊血染一片，我吃力地想爬回去，奧里林過來拉住我快沒力的手，輕鬆將我抱入懷中。

他把我的衣服往下拉，令肩膀露出來，然後伸出尖牙咬破自己的下唇，將唇貼在肩上那被長生咬出的傷口。

劇痛、溫暖、尷尬等感覺交織，當他的唇離開我的肩頭時，傷口也癒合了。

「奧里林……」我撫摸著自己的肩膀，他則舔了下嘴上的血。

「妳的味道和封允心完全不一樣。」他說，我的眼淚險些潰堤。

「你現在才發現我不是奶奶嗎？」我失笑，卻熱淚盈眶。

我沒想到他會在這個時候提起奶奶，都這麼多年了，他居然還記得奶奶的味道。

「我知道妳不是封允心，至少她絕對不會開車撞人。」他笑著。

「奶奶甚至不會開車。」我也再度笑了。

「千蒔。」

走廊的尾端傳來再熟悉不過的呼喚，我愣了愣，循聲看去。

毫髮無傷的梁又秦無助地站在那裡，神情既愧疚又害怕。

「梁又秦！」我大喊，想要向她跑去，但奧里林拉住我。

小池離梁又秦比較近，他微笑著問：「妳是清醒的嗎？」

梁又秦卻用可以稱之爲怨恨的表情瞪著小池，小池一怔，困惑地偏了偏頭。

「進來我家坐坐吧。」她以平板的語調開口。

「梁又秦，妳沒事吧？妳爸呢？其他家人呢？」我著急地問，用力拍著奧里林拉住我的手，想讓他鬆手。

「進來我家坐坐吧，你們總歸是要進來的。」梁又秦重複，轉身走進自家大門。

見她無視走廊上遍地的血跡與屍塊，我有些不敢相信。她還是梁又秦嗎？還是我壓根沒有認識過眞正的梁又秦？

「她說的對，我們總得進去的，奧里林，放開我。」我說，奧里林還是沒有鬆手，於是我認眞地保證，「我不會魯莽，也不會用跑的。」

奧里林這才放開手。

我們維持著小池打頭陣、狼人們殿後的隊形前進。

梁又秦家中的氛圍異常優雅寧靜，彷彿與世無爭，不僅播放著古典音樂，桌上擺了精緻的茶具，空氣中還瀰漫著玫瑰精油的香氣。

梁又秦端出一盤餅乾放在桌面中央，然後將紅酒瓶中的液體注入高腳杯，「這可不是紅酒，是血喔。」

她淡淡地說，臉上看不出任何情緒。

「梁又秦，這是怎麼回事？妳一直以來都知道嗎？」我咬著下唇。

「知道什麼？」梁又秦眨著眼睛，她的妝容一如以往那般完美無瑕，鮮紅的唇看起來像是染了鮮血，「知道長生的存在？知道妳是奧里林最在乎的人的孫女？還是知道小池是當年咬了我媽媽的人？」

她的每一句話都令我震驚不已，原來梁又秦一直都是知情者。

「爲什麼？梁又秦，在妳主動來認識我的時候，我甚至還不知道這世上有長生啊！」我哽咽地說。

「我不只在妳身邊安插了眼線，也在封允心所有後代的身邊安排了人。」薩爾從房間走出，身穿輕便的服裝，小麥一看見他便要化爲狼形，卻被奧里林阻止。

「你會和奧丁聯手，也在我的預料之內。」薩爾的神情沒有一絲訝異。

「你是說，我的爸爸、姑姑他們，還有堂弟妹身邊也都有？」我震驚地問。

「當奧里林不再和封允心接觸後，我就知道封允心本人那裡絕對沒有機會了，我必須看得更長遠，因此把所有賭注都押在了封允心的後代身上。」薩爾在單人座的沙發上坐下，梁又秦遞了杯酒給他，「我等了又等，就算看過照片，也沒有將妳跟年輕時的封允心聯想在一起，直到在捷運站巧遇妳。那瞬間竟然讓我忘記時光已經流逝了這麼多年，我還以爲是封允心呢。」

他喝了一口血，露出滿足的表情，「於是，我當下就知道，妳是我最大的機會。」

「我不會是你的機會！」我抬起下巴，看著梁又秦，「妳是自願的？爲什麼妳會在清醒的狀態下去協助薩爾？」

她別開臉，沒有說話。

「別站著說啊，你們剛才想必耗費了不少體力，快坐下吃點東西吧。」

「休想！」小麥咬牙切齒。

「放心，沒有下毒的，用毒殺這種方式太卑劣了。」薩爾涼涼地說。

「你故意切斷了電梯的鋼索，根本沒資格說這種話！」鹿旬低吼。

「那可不是我做的，我只告訴其他長生隨意行動，誰知道他們會這樣。」薩爾一臉無辜，「好在最重要的奧里林和童千蒔活著。」

我氣得很想過去打薩爾一巴掌，但我只是走到沙發邊坐下，喝了一口茶。

其他人訝異地看我，我壓抑住怒氣，「如果可以不要流血，那我們就應該坐下來好好談。」

「是吧！是啊！就是該這樣！」薩爾狂喜地大笑。

其他人也在沙發上落坐，唯獨梁又秦仍站在旁邊，有如女侍一般。這裡明明是她的家，她爲什麼要這樣？

「梁又秦，妳坐下。」我對她說。

她轉頭望了薩爾一眼，薩爾沒有任何反應，於是她繼續站著。

「薩爾，她又不是妳的僕人！」我氣沖沖地控訴。

「我又沒要她別坐。」薩爾聳肩。

而梁又秦瞪著坐在她前方的小池，我不明白她的恨意從何而來。

「我能問妳爲什麼要這樣看我嗎？」小池臉上掛著禮貌的微笑，「我確實吸了妳母親的血，但我並沒有殺了她，況且，妳怎麼會知道……」

小池的話停了下來，所有人都是一愣，頓時明白了梁又秦爲什麼聽從薩爾的命令。

我驚駭地望著梁又秦，她的淚水在眼眶裡打轉，「若不是那天你咬了我媽，她不會被跟蹤你的薩爾盯上，我們也不會從此被控制。薩爾讓正巧和千蒔同年的我去接近千蒔，我從很小的時候就觀察著她，一直以來都監視著千蒔的行蹤……直到上了高中，才正式與千蒔接觸……」

薩爾一笑，吹了聲口哨，梁又秦的家人從裡面的房間走出，他們神情恍惚，脖子上留有咬痕，梁媽媽的傷口甚至還在流血。

「薩爾！」我尖叫，再也忍不住地衝過去抓住他。薩爾沒那麼好心，他直接用力一甩，將我整個人摔到一邊，可是預想中的痛楚沒有襲來，我睜開眼睛，發現自己落在奧里林的懷中。他咬緊牙關，直瞪著薩爾。

「幹麼？我知道你會來得及接住她。」薩爾舔著嘴唇，「我只是想知道，她對你來說有多重要。」

梁又秦摀住嘴巴，渾身顫抖，而我也是，但我是由於憤怒，以及深深的悲傷。因為奧里林跟奶奶之間的戀情，這幾十年來，究竟有多少人的人生被白白葬送？

梁又秦的家人都被薩爾掌控了，所以她只能乖乖聽話，以保護他們，她別無選擇。

「薩爾，你還是人嗎？你怎麼可以這樣做！」我流著眼淚大吼，推開奧里林。

「我本來就不是人啊，我是長生。」薩爾輕蔑地笑，將鮮血潑到小池身上，小池瞪大眼睛，隨即壓抑住吸血的衝動。

「也就是說，妳從那個時候起就一直在薩爾的控制之下？」小池問梁又秦。

梁又秦噙著淚水，逞強地抬高下巴，「如果你那時候果斷一點，殺了我媽，那就不會落得如今的局面。」

「不，就算沒有妳，我也會找其他人。」薩爾搖搖食指。

梁又秦失聲痛哭，小池的表情變得嚴肅。

「好了，奧里林，我要的東西你帶來了沒有？」薩爾的語氣轉為陰冷。

「你要那東西有何用？」

「能讓長生變成人類的方法，誰不想要呢？」薩爾說，小麥和鹿旬瞪大眼睛，畢竟他們都以為，薩爾要找的是讓長生行走於陽光下的方法。

「那只對我有用，對你沒有用處。」奧里林回應，忽視了小麥他們的震驚。

「我也不想成為人類，可是奧里林，我希望能目睹你成為人類，我要當那個見證奇蹟的人。在你成為人類後，你身為長生時所擁有的一切都得歸屬於我，包括你的長生之血，所以，我必須知道你要用什麼方法變成人類。」

奧里林瞇起眼睛，「你想得美。」

「不，我總能得到我要的。」薩爾神情陰狠。

「我們有這麼多人，還怕你一個不成？」鹿旬出言威嚇。

「你們以爲我毫無防備嗎？」薩爾說，屋子裡轉瞬冒出好幾個長生，其中兩個站在梁又秦的父母身後，見狀，梁又秦倒抽一口氣。

「求求妳，千蒔，無論是什麼東西，拜託快點交給他，我已經十幾年沒有好好和我爸媽說話了，請不要讓他們被殺掉！」梁又秦哭著求我，我的內心無比痛苦。

這已經不是我能決定的事。

「妳不是說，當年我若能果斷一點殺掉妳媽媽會更好嗎？現在，妳也果斷一點放手吧。」小池露出尖牙，拱起背脊，「奧里林先生，我支持您變成人類，只要那是您所願，我願意付出所有。」

然後他跳起來，朝薩爾背後撲去。

一切都在眨眼間發生，鹿旬和小麥化爲狼形，攻擊周圍的長生，還撞破了落地窗。幾個長生掉了下去，奧里林將我推到一旁，梁又秦尖叫：「不要傷害我爸媽！不要！千蒔！幫幫我，叫他們不要傷害我爸媽！」

我自身難保，我也無權要求，我什麼都做不到……

「奧里林，別讓梁又秦受到傷害！」我懇求，然而奧里林只是淺笑。

「她不是我的責任。」

我的眼前一片黑，梁又秦朝她的爸媽跑去，卻被推開，整個人撞上牆壁，隨即暈了過去。我飛奔上前，想把梁又秦拉進廚房，這時薩爾衝過來扯住我的頭髮，朝我的脖子咬下，項鍊再次發出光芒，薩爾尖叫著後退。

奧里林迅速趕來抱起我，將我和梁又秦帶到廚房中，並爲我療傷。我又哀求，「求求你，奧里林，梁又秦是因爲我的關係才被控制了十幾年，不要讓她和家人分離！」

他看著我，正要說些什麼時，外頭傳來小麥的怒吼聲，我和奧里林一征，拔腿衝了出去。

屋內不知何時擠滿了長生，有些甚至從窗外爬進來，我大爲驚駭。

這是怎麼回事？

奧里林嘖了一聲，投入戰局，與此同時，我發現外頭的天空逐漸轉爲紫色。要是天亮了，這場混戰就可以結束，不過小池必須躲起來才行！

那些長生也注意到天色轉亮，不少長生身上冒出白煙，紛紛想逃離，卻全被小麥和鹿旬抓住。同樣察覺情況不對的薩爾準備抽身，而奧里林迅速攔住他的去路。

「你要我的血做什麼？」奧里林沒忽略薩爾剛才所說的話，「我母親還說過什麼？」

「讓開！奧里林！」薩爾急迫地說。

奧里林抓住他的脖子，「薩爾，我這次沒心情跟你鬧著玩，快說！你要我的血做什麼？」

天空大亮，長生們個個發出尖叫，小池也痛苦難耐。我喊著小池，要他快點躲進廚房，可是他不從，依舊在對付其他長生。

「你的血可以治癒傷口！你的血是不同的！純種長生之所以無法承受陽光，最大的原因就是血液，如果長生的血混入你的血，就有可能在白天活動！」薩爾大吼，「這是你母親的假設！但不能是現在的你的血液，而是要轉變成人類那瞬間的血！機會只有一次，所以我必須把握！」

所有人都聽見了薩爾的話，那些長生雖然痛苦，得知這個消息仍喜不自勝，因爲他們有機會走在陽光下了，只要得到奧里林的血。

「我一直等，你卻遲遲沒有動作，是什麼原因影響了你想成爲人類的心？成爲人類需要什麼？我必須知道！我不想再等下去了——」薩爾尖聲說，身體冒出白色煙霧。

「殺了在場的所有長生。」小池低聲說，這件事不能傳出去。

小麥怒吼著大開殺戒，鹿旬的毛髮也沾滿了鮮血，眾多長生死於他們的利爪之下。

「讓我走！奧里林！我是你爸媽的朋友，你不能殺我！」薩爾拚命掙扎，太陽已經完全升起，他渾身開始潰爛冒煙。

奧里林伸手從胸前的內袋拿出存有陽光的藥丸，薩爾見狀又驚又怒，「小池也在這，你要一起殺了他嗎？」

奧里林停下動作，讓薩爾有了掙脫的機會，然而小池隨即整個人撲到薩爾身上，抬頭看了我一眼，「千蒔小姐，奧里林先生就交給您了。」

我怔了怔，「小池！你在做什麼？」

「奧里林先生，很抱歉，我早就看過繪本的內容了，沒想到我還是會恐懼死亡，所以什麼也沒對您說。但是，當我知道您爲了我，而決定放棄自己一直以來的願望時，我實在羞愧不已。能爲您服務，是我一生最大的榮幸。」

「小池！你不必這麼做！總有一天——」我大喊，卻被小池打斷。

「那是不行的，到時候千蒔小姐您就不在了。」小池微笑，「我的死亡在此時能發揮最大效益。」

說完，小池緊抓住薩爾，往落地窗的方向移動。

「不要！小池！」我伸出手，但小池已經帶著薩爾一躍而下。

奧里林跟著跳下去，我衝到落地窗邊往外看，淚水不斷滑落。奧里林的身影被一團白煙包圍，而最後我只看見他站在地面上。

「不要——」

我失聲痛哭。

「我一直希望千蒔小姐您能拯救孤寂的奧里林先生，而如果成為人類是讓奧里林先生獲得救贖的方法，又能令他與您在一起生活，彼此相伴，那麼我會支持奧里林先生。」

「奧里林先生，我支持您變成人類，只要那是您所願，我願意付出所有。」

在奧里林染滿鮮血的手中，鮮紅的心臟化為一顆閃閃發亮的淡藍色寶石。

第六章

他的身體僵硬、冰冷，與帶有些微體溫和心跳的奧里林截然不同。

和他們兩人的擁抱，對我而言意義也截然不同。

「妳和父母一起度過愉快的童年時光，所有紛擾都將被美好記憶所帶來的快樂取代，妳從沒見過任何有違原先認知的不可思議事件與人物，妳依舊是童千蒔最好的朋友。」

奧里林以毫無起伏的聲音對梁又秦說。而薩爾的死亡使得控制梁又秦父母的力量減弱，因此奧里林的催眠也能夠蓋過薩爾所施加的催眠。

此刻，他們一家人表情恍惚坐在沙發上。

長生的屍體不需要特別處理，在陽光的照射下，一切都會灰飛煙滅，包含血跡也將隨之消失。

不過他們家一片狼藉，落地窗也被破壞，外頭電梯的鋼索甚至斷了，屆時看到這種狀況他們會怎麼想，就不是我們能處理的事了。

看著目光渙散的梁又秦，我擁抱住她，在耳邊說了句：「抱歉。」

一直保持清醒的她，雖然是服從薩爾的指示來到我身邊，但我相信她待我仍有真心。我並不怪她，相反的還覺得很對不起她。

至於薩爾安插在其他親戚身邊的人，隨著薩爾死亡，我想那些人會逐漸清醒過來的。

我們四個安靜地走下樓梯來到一樓，人們逐漸出現，議論著怎麼會滿地都是碎玻璃，除此之外並未引起太大騷動。所有人繼續做著自己本來在做的事，彷彿不曾被催眠似的。

我愣愣注視小池與薩爾墜落的地方，那裡什麼也沒有。

眼淚依舊不斷滑落，原來小池早就看過繪本，知道自己是素材之一，想到這點我便心痛不已。

奧里林開著車，準備返回狼人的聚落，我在車上哭個不停。

「把妳的項鍊放在擋風玻璃前。」奧里林忽然說，「讓它自行吸收陽光。」

我依言取下項鍊。

「奧里林，小池他……」

奧里林從口袋裡拿出一顆淡藍色的圓珠，看起來像寶石，又像透明的結晶體，大約只有一元硬幣的大小。

「這是小池的結晶嗎？」我摀住嘴。

「這是小池唯一留下的東西了。」奧里林用力捶了下方向盤，「他怎麼能隱瞞！」

我深深吸氣，「奧丁不知道吧？」

「他不可能知道，那些狼人也不清楚實際的方法，奧丁頂多只會得知我有辦法變成人類。」

「奧丁知道你一直想變成人類嗎？」

「他是我弟弟，怎麼可能不知道。」奧里林輕聲說。

失去小池的悲傷在我們之間蔓延，陪伴了奧里林幾百年的小池在他心中有多重要，自然不言而喻。

「不要再哭了，這對事情沒有幫助。妳告訴尤里西斯他們，我們要回去了。」

奧里林並不是冷血，他一定非常痛苦，只是悲傷的確無濟於事。

末時和調解會的問題還沒解決，薩爾的死一定傳到他們耳中了。

我傳訊將這邊的狀況告訴尤里西斯，並說了小池死亡的事，尤里西斯過沒多久回了訊息：「奧丁已經收到消息，他問我要怎樣才能讓奧里林變成人類，但我說我立了契約，不能講。」

「奧丁問了尤里西斯如何讓你變成人類的事。」我立刻向奧里林報告。

「我們必須想好一套說詞，口徑一致地對奧丁解釋。」

於是我們討論了一個說法，打算謊稱成為人類的方法是要殺掉一千個人類和一千個長生，將他們的血液混合後喝下。

聽起來非常殘忍，也有一定的可信度。

「只怕奧丁會眞的去殺一千個長生就是了。」奧里林開玩笑地說，而我也笑了起來。

笑著笑著，一陣空虛感襲來。

「我會永遠想念小池的。」我低聲說。

「他永遠是我最好的夥伴。」奧里林也說。

而後，我感到有些睏倦，奧里林要我休息一下。幾乎是在閉上眼睛的瞬間，我就睡著了。

我做了一個夢，也許是爲了自我安慰，又或者眞的有那樣的世界——

我看見身穿白紗、模樣年輕的奶奶坐在一棟屋子前，小池站在她身邊，穿著卡其色短褲，頭上戴著貝雷帽。

他們朝我微笑，表示今天買到了很好的漁貨，可以用新鮮的海鮮做一頓豐富的料理。

小池調侃奶奶，說她怎麼還穿著新娘禮服，奶奶噘起嘴，表示自己就喜歡這樣穿。

接著小池又看向我，淺淺地笑，奶奶則起身朝我走來。我以爲她伸出手是要與我的手交握，但她卻用力推了我一把，我頓時彷彿墜入無底深淵之中，眼前的景象離我越來越遠。

「童千蒔，我們到了。」奧里林拍著我的肩膀，我睜開雙眼，車子停在樹林外。

夕陽餘暉染紅了整片天空，我喘著氣環顧四周，擦去額頭的汗水，奧里林問我怎麼了，我搖搖頭，不打算說出夢境的內容。

「把你們的車停在這裡，坐我們的車回去。」顯然也十分疲憊的小麥說，我和奧里林坐進吉普車的後座。

抵達奧丁的住處時，司古就站在門口迎接，神情悲傷。小麥咬緊牙關，不讓眼淚流出。

「我很抱歉……」

司古一把抱住小麥和鹿旬，「回來了就好！快去洗澡、吃飯、休息！」小麥和鹿旬忍不住哭了起來，他們在某條岔路跟我們分開，司古帶著我們走進客廳，一開門，只見奧丁與尤里西斯都在裡頭。

「你們看起來眞慘。」奧丁正吃著餅乾，不過看起來同樣略顯疲累。尤里西斯走到我面前，繞著我打量了一圈，「童千蒔，妳該去洗澡睡覺。」

「不，你們那邊的狀況怎麼樣？告訴我。」我的身子搖搖晃晃的。

「妳站都站不穩了，這事情不急，妳先去睡一覺吧，況且我們也都需要休息。」奧丁說完，從沙發上跳下來。

凱莉走過來攙扶我，我看向尤里西斯和奧里林，他們兩個都點頭，我這才跟著凱莉回到自己的房間。

浴缸裡已經蓄滿熱水，凱莉輕柔地脫去我的衣服，我疲倦得沒有餘力感到害羞。泡在熱水中，我以爲臉上是熱水的蒸汽，後來才發現那是眼淚。

我哭得久久不能自已，凱莉靜靜地站在一旁，什麼都不問也不說，就讓我徹底發洩出情緒，之後我連自己是怎麼爬上床的都不記得了。

✥

醒來時，天空依舊明亮，我驚覺自己至少睡了十二個小時，於是趕緊下床。正要打開門的時候，凱莉正巧走了進來。

「換一下衣服吧，這是司古去外面買回來的。」凱莉將一個提袋交給我，「他們都在客廳，快來吃飯吧。」

「謝謝……麻煩了你們這麼多。」

凱莉微笑著搖頭，「奧里林的事情就是我們的事情。」

「他和奧丁……的關係，很微妙吧？」

「哪有手足不吵架的？我們討厭長生，但奧里林是不一樣的。」凱莉說完，退出房間帶上門，她讓我想起小池。

我深吸一口氣，告訴自己，無論那是夢境還是眞實，小池跟奶奶現在一定重逢了，他們過得很好。

我拿出提袋內的衣服，是兩件簡單的T恤以及兩條布料極有彈性的貼身長褲。迅速換好服裝後，我出了房門，發現凱莉在外面等我，「小麥還好嗎？」

「他還在睡覺。別擔心，我們很堅強的。」凱莉微微一笑，如同母親般溫暖。她看起來大約四十歲，擁有健康的小麥色肌膚，臉上總是掛著溫柔的笑意，讓人見了便不自覺地感到放鬆。

來到客廳，只見奧里林和尤里西斯分別坐在沙發兩邊，飲用血袋裡的血液，而奧丁大口吃著飯，桌上擺滿菜餚。

我稍稍鬆了一口氣，尤里西斯和奧丁看起來都毫髮無傷。走近桌邊，凱莉將碗筷遞給我，「妳是最需要吃飯的人，快吃吧。」

「我吃不下。」我低聲說。

「還是要吃。」凱莉拍拍我的手，退回奧丁身邊。

他們三個都沒有說話，直到我舉筷夾起荷包蛋吃了一口，奧丁才說：「大致情況我聽小麥報告過了，奧里林剛才也有補充。小池居然和薩爾同歸於盡，說眞的，這個做法很聰明，薩爾絕對想不到小池會選擇自我犧牲。」奧丁的語氣裡讚嘆多於悲傷，讓我聽了不太舒服。

「薩爾說，你轉變成人類時的血液，能讓長生行走於陽光之下？」尤里西斯問，眼底流露出期待。

「是，不過薩爾也說了，這只是我母親的假設。」奧里林拿過桌上的杯子，接著用刀子劃破自己的掌心，令血液滴入杯中。

當杯中的血蓄積到接近一口的分量後，他將毛巾按在掌心，再拿開毛巾時，傷口已經消失。

他把杯子遞給尤里西斯，尤里西斯狐疑地問：「做什麼？」

「你喝喝看就知道。」

尤里西斯猶豫了下，然後舉杯飲盡。

瞬間，他瞪大眼睛，杯子從手裡滑落。他發出痛苦的慘叫聲，奧丁看得嘖嘖稱奇，表情還相當開心。

「你給我喝……什麼鬼！」尤里西斯按著自己的喉嚨，「我感覺五臟六腑都燒起來了！」

「有關我的血液是行走在陽光下的關鍵這點，我以前當然想過，所以我找了小池進行試驗，讓他喝下我的血，看看能否因此可以承受日晒，當時他喝的分量可是你的四倍。」

「那測試的結果如何？」我問。

「他痛到打滾，之後昏迷了一天。」

「這樣你還要我喝！」尤里西斯怒吼。

「我想讓你親身體驗，你才不會認爲我在說謊。」奧里林聳聳肩，「我的血液對長生來說是毒藥，我不知道薩爾……不，應該說我母親說的話可信度有多高。」

尤里西斯思索了一會，從口袋裡拿出一個小瓶子，裡面裝著之前奧里林給他的藥丸，「這裡面儲存了陽光吧？」

「我說過了，這也是毒藥。」

「會致命嗎？」尤里西斯又問。

「只會使你感到痛苦。」

「那個痛苦是可以忍受的嗎？」尤里西斯確認似的再問。

「我不能確定你的狀況會如何，這因人而異。你想做什麼？」

「我只是有個想法……這次我和奧丁先去了調解會，想嘗試跟他們和解，結果不意外地見到了末時。」

「末時眞是個漂亮的女人啊，就是凶了點。她對我們叫囂，說『我在家等你們大駕光臨』，眞看不出來尤里西斯有這等能耐，能讓這樣的女人對你如此執著。」奧丁調侃。

「咳。」尤里西斯乾咳一聲，還瞄了我一眼。

「那事情解決了嗎？」奧里林問。

「表面上，調解會當然是說他們不願意折損人力，而且當年派李斯的死亡對他們來說是很深的陰影，我人都去了，他們也不敢不賣我面子。」奧丁冷笑，「所以維克直說了，他們不會插手。」

「不過這就不太對勁了，我們一直以爲末時已經與調解會結盟，加上威里他們的確去搜了奧里林家，因此整件事自然和調解會扯上了關係，畢竟威里是維克的姪子，而維克目前在調解會裡可是很有分量。」尤里西斯一邊說一邊打開新的血袋。

「可是如果調解會沒有跟末時結盟，末時又怎麼會在那？」我問。

「或許調解會裡還是有想趁機除掉奧丁以及奧里林的長生，因此私下和末時合作。總之，既然奧丁打過招呼了，調解會應該不會插手的。」尤里西斯皺眉。

「之前都派人來亂翻了，還說不插手。」我不高興地說。

「事實上，調解會並沒有派人去搜索奧里林家，而威里那幾個傢伙不見了。」奧丁說。

「什麼？」我和奧里林互看一眼，「所以他們幾個是私自行動？」

「或者是受到薩爾的指示。我原本以爲你們會遇見他們，但看樣子，你們是沒遇見了。」奧丁歪了歪頭。

「還是他們被薩爾處理掉了？」尤里西斯猜測。

「不，威里是維克的姪子，就算薩爾敢指使他們辦事，也不會笨到動手殺掉他們。」奧里林說。

「蓋密斯說過，威里他們拿回去的東西都是垃圾，沒有任何關於如何讓長生行走在陽光下的資料，這表示他們確實不知道薩爾眞正要找的是什麼，而威里把東西交給薩爾後就離開了？」我推論著，「然後他們去找了末時？」

「應該是這樣沒錯，薩爾和末時的目的不同，基本上，薩爾是要奧里林活著，而末時不在乎奧里林的死活，只想要尤里西斯和妳死，所以威里他們和末時的目的比較接近。喔，威里大概也很希望我死吧。」奧丁愉快地笑。

「他們三個都希望你死，卻又畏懼你。」奧里林說，這番話讓奧丁笑得更開心了。

「所以奧里林，你要怎麼樣才能成爲人類？」

奧丁終於提出這個問題，尤里西斯不著痕跡地瞥了眼我和奧里林，把玩著手中的小瓶子，而奧里林不疾不徐說出必須殺一千個人類和一千個長生，並將血液混合飲下的謊言，尤里西斯微微挑起眉毛。

果不其然，奧丁不假思索地回應：「一千個長生沒問題呀，我弄給你，當作是弟弟送的禮物。」

這發言實在令人毛骨悚然，奧里林謝絕了他的「好意」，表示必須由本人自己動手才有效，奧丁嘖了聲，「那就沒辦法了。」

我很慶幸奧丁放棄了殺一千個長生的念頭，於是我們回到原本的話題。既然確定調解會不會插手，那我們就只需要解決禍亂的根源，也就是末時。

「調解會那些人並不笨，只要靜靜旁觀，無論我們和末時最後誰勝誰負，對調解會都沒有影響。」奧里林說。

如果末時成功解決奧里林和奧丁，對調解會來說無疑是天大的好事，畢竟他們打從好幾百年前便想這麼做了。

而若是末時失敗了，調解會也沒有損失，無論如何，調解會都可以置身事外。

「這點倒是和人類世界很像。」我開口嘲諷，他們三個卻覺得我說了一個有趣的笑話。

「不過……蓋密斯不也是調解會的人嗎？之前光是薩爾那邊就有將近三十個長生……」尤里西斯摸著下巴。

「我認爲不是調解會派去的，蓋密斯是薩爾多年的朋友，其中還有幾個長生我也見過。」奧里林搖頭。「調解會說不插手，我想是指他們不會協助任何一方，但也不會阻止調解會裡的成員下任何決定，他們想必會說那是個人自由，他們無權干涉。」

這種說詞也跟人類很像。

「不管調解會有沒有涉入，我想末時那邊的人馬都不會比薩爾少，這將是一場硬仗，不過沒意外的話，迅速解決掉幾個主要角色就沒事了。」奧丁一派輕鬆。

「末時交給我。」尤里西斯認眞地說。

「你不會心軟放過她吧？」奧丁瞇起眼睛。

「我要先聽聽她怎麼說。」

「那樣一點意義也沒有。」奧丁哼了聲。

「畢竟我和她在一起過，還是不想不由分說解決她，如果她願意收手，那就放過她吧。」

不知爲何，尤里西斯的話讓我有些心痛。我不是非要末時死不可，但這番話聽了就是不舒服。

「別傻了，女人的嫉妒之火一旦燃燒起來，可是能毀掉整座森林啊，一不小心就會……那叫啥？喔對，玉石俱焚啦！」奧丁還有心情消遣尤里西斯。

「這一次，童千蒔，妳留在這邊吧。」奧里林對我說。

我毫不猶豫地點點頭。

「喔？參與過之前的行動後，認清了自己的軟弱嗎？」奧丁挑起一邊眉毛。

「她是很脆弱沒錯，但絕不軟弱。」奧里林幫我說話，不過我搖搖頭。

「奧丁說的對，我的確會妨礙到你們，待在這邊更好，可以讓你們無後顧之憂。」

「放心，妳絕對會很安全，雖然住在村落的那群狼人沒什麼戰鬥力，要保護妳還是綽綽有餘。也別小看凱莉，她很強的喔！」奧丁信心滿滿地說，凱莉溫柔一笑。

他們商討著作戰計畫，最後決定速戰速決，今晚就出發，我連忙制止。奧里林前一晚才經歷那樣激烈的戰鬥，還目睹了小池的死亡，不應該這麼快又再次投身戰場。

奧里林卻說，這件事必須盡早處理，並且趁著沒有人注意的時候，將裝有小池心臟結晶的小罐子交給我，「好好保管。」

我點點頭，給了他一個擁抱。

他一愣，隨即回擁住我。

「別死了。」我說。

鬆開手臂，奧里林微笑著旋身離去，在他離開我的視線後，尤里西斯忽然移動到我身旁。

「一起去找過薩爾後，建立了革命情感嗎？」

「尤里西斯，講話不需要這麼酸溜溜。」我平靜地看著他，他對上我的眼睛，欲言又止，接著垂下目光，只說了句：「抱歉。」

我張開雙臂，也擁抱了他。

他的身體僵硬、冰冷，與帶有些微體溫和心跳的奧里林截然不同。

和他們兩人的擁抱，對我而言意義也截然不同。

「你千萬不可以死了。」我輕聲低喃，「我不准你死。」

「我才不會。」他緊緊抱著我，手指順著我的髮絲，臉龐靠在我的耳朵旁。我深深吸氣，想記住他的味道。

然後他放開我，淺笑著輕撫我的臉頰後，也轉身離去。

我站在大門邊，目送三台吉普車出發，奧丁在第一台車裡，奧里林是第二台，尤里西斯則是第三台。

我朝他們揮手，凱莉雙手放在我的肩上，「放心，他們都不會有事的。」

「嗯，不會有事的。」我吸吸鼻子，直到再也看不見吉普車的車尾燈，才隨凱莉回房。

我什麼都不能做，只能傻傻地等待，這種處境令人煩躁。我無法入睡，焦慮地在房內來回走動。

梁又秦傳了幾則訊息來，她完全遺忘了那晚的一切，以及這些年她父母被控制的事。

她說，她家發生了詭異的狀況，她和爸媽一覺醒來，見到客廳像是經歷了世界大戰一樣，被嚴重破壞。他們本來以為是因為地震，但新聞沒有報導任何地震的消息，結果他們為了修繕客廳花了一大筆錢。

我裝作對此感到十分驚訝，告訴她如果有需要幫忙的話儘管說，還表示願意贊助一些費用，梁又秦卻只是回：「三八呀！贊助什麼，不如快點回來，我們去吃好料的吧！」

我和她之間，注定永遠有個謊言。

同時，還有另一個問題需要擔心。

雖然他們的記憶被竄改了，可是這些年來，梁又秦的媽媽都不曾出現在大家面前，他們該如何面對鄰居的質疑？

不過未來的路還很長，多想也無益。

我答應梁又秦，我很快就會回去和她見面，我們之間有太多話不能聊，也有太多話應該聊。

此時，敲門聲響起。

「請進。」我走過去開門，凱莉手裡端著托盤，上頭放了杯熱牛奶和幾片餅乾。

「我想妳肯定睡不著，不介意的話，我們聊聊天吧？」凱莉溫柔地笑，這讓我鬆了一口氣。

「謝謝妳，我好需要聊一聊。」

於是，我們坐在沙發上，一邊吃餅乾一邊隨意閒談。我們都免不了擔心他們幾個人的安危，但凱莉比我堅強多了。

「妳是在什麼情況下轉變為狼人的？」我禁不住好奇，「如果這個問題冒犯到了妳的隱私，也可以不用勉強告訴我。」

「不，沒有關係，我們可以無所不談。」凱莉笑容不變，說出屬於她與奧丁的故事。

凱莉說，她已經記不得那是多久以前的事了，只記得那天她在山上採野菇，突然注意到地面上有血跡。

她原以為是有小鹿遭到山豬攻擊，所以循著血跡前去查看，驚見一個渾身是血的小男孩倒在樹林中央。

她頓時急了，幸好男孩還有呼吸，所以她立刻把男孩帶回家，用濕布將男孩的身體擦乾淨。

她考慮著是否該請大夫過來，隨後發現男孩身上的血不是他自己的血，男孩其實毫髮無傷。雖然沒有穿上衣，不過他看起來像是好人家的孩子。

在等待男孩醒來的期間，凱莉詢問鄰居，附近是否有走失的孩子，可是似乎沒有。

後來男孩醒了，卻不說話，無論凱莉怎麼問，男孩都彷彿在發呆一樣，毫無反應。其他村人說，大概是個傻孩子才會被拋棄，要凱莉快點將男孩帶回樹林丟下，畢竟渾身是血的傻孩子實在太過不祥。

可是單身的凱莉一直都很寂寞，每當她從外頭幹活回來，見到家裡點著燈，而男孩站在屋內等她時，這樣的等待和陪伴會讓她覺得自己被需要著。

隨著朝夕相處，男孩漸漸從面無表情到開始偶爾露出一點點笑容，只是依舊不說話，而且不知爲何，他十分恐懼在夜晚外出。

某夜，村裡被強盜入侵，他們四處作惡，姦殺擄掠樣樣都來。

爲了保護男孩，凱莉將他藏到地板下的窄小空間裡，才剛將地板蓋好，強盜便闖入凱莉的家，將凱莉拖到外面的草地上，幹盡了罪大惡極之事，凱莉只能絕望地哭喊。

她說，她不知道男孩是何時從木板下爬出來的，在她彌留之際，一聲震天怒吼傳來，從未見過的猛獸出現，強盜們嚇得想逃走，卻仍被猛獸撕裂了身軀。

村子已經燒成一片火海，地上全是屍體，而喉嚨被強盜用利刃劃過的凱莉睜圓眼睛，看著眼前本該是男孩的猛獸。

他的瞳鈴大眼如黃金般閃耀，身材比原本孩童的模樣壯碩了兩倍以上，全身覆蓋著黑得發亮的毛髮，嘴裡的利牙沾滿了強盜們的鮮血。

變成怪物的男孩抬頭看了眼天空的月亮，發出悲痛的長嘯，即使凱莉瀕臨死亡，依舊能感受到男孩強烈的淒楚和哀痛。

「不過，當我再次張開眼睛時，已經毫髮無傷了。」凱莉笑著指了指自己的脖子，那裡有條淡淡的疤痕，「連喉嚨的傷口都癒合了，我很難形容那種感覺，可是我知道自己不再是人類了。」

凱莉重生後，男孩終於說話了。他說他叫奧丁，對於沒經過凱莉的同意就把她變成這樣，他感到很抱歉。

那時凱莉看著鏡中的自己，覺得身體好像更加結實健康，氣色也比較好。她察覺自己已經不是人類，但並沒有多問，只是感謝奧丁救了自己，而後他們一同離開村莊，去了另一個地方生活。

隨著時間流逝，凱莉逐漸得知奧丁的過往，而原來奧丁是在她死亡後，才發現自己有將剛死去的人類轉變爲狼人的力量。當凱莉斷氣時，奧丁哭了，他的眼淚滴落在凱莉的傷口上，才令凱莉轉變爲狼人。

我有些震驚，狼人一族有多少數量？竟全是這樣來的？

「所以每一個狼人都是……因爲奧丁流下眼淚才轉變的？」

「是呀，所有狼人都是奧丁的家人，奧丁眞心愛著我們。」

凱莉又說，當年奧丁不願在夜裡離開室內，就是爲了避免看見月亮，他怕自己再度失去控制，而傷害重要的人。

初次見到滿月時，他殺了奧里林的父母——對奧丁來說，那也是他自己的父母。那是他第一次完全轉變成狼人，他無法控制自己，但他的意識仍在深層處看著一切發生。

所以，他記得自己是如何手刃父母，記得那撕開肉體的感覺、那血液的黏膩，還有父母痛苦的哀號，以及父母如何喊著他的名字，希望他恢復理智。

從頭到尾，他的父母都沒有試圖傷害他。

奧丁更深深記得，天亮後奧里林走回來，臉上的表情是多麼害怕、恐懼還有陌生，他的哥哥眼底充滿絕望，以及滿滿的失望。

所以他逃了，永遠地逃離奧里林的身邊。他創造了其他家人，卻不敢回到自己最初的家人身邊。

我掉下眼淚，凱莉輕輕拍著我，食指放在嘴唇前，「這是祕密，妳不能告訴奧里林。」

「奧里林並沒有怪罪奧丁，他們應該知道彼此眞正的想法。」我哽咽地說。

「總有一天，他們會知道的，只是不適合由我們來說。」凱莉吃下最後一口餅乾，看了看外頭的天空，「妳該試著休息一下，在這邊很安全，我們會安排人巡邏，好好睡一覺吧。如果有任何消息，我會馬上通知妳。」

「好的，晚安，妳也休息吧，眞的很謝謝妳。」

凱莉笑了笑，她的身上散發著母性的光輝，讓我相當安心。

或許就是因爲遇見凱莉，奧丁才能獲得一點點救贖吧。

我躺在床上，思索著有沒有什麼方法可以讓奧里林和奧丁解開心結。

他們雖然能好好交談，也能攜手合作，可是過去的事情如果不攤開來說清楚，那永遠都會是扎在他們心頭的刺。

還沒想出方法，我的腦袋已經逐漸昏沉，就這樣睡著了。

不知過了多久，我忽然從睡夢中驚醒，整個人從床上彈坐起來，心臟跳得飛快，彷彿恐慌症發作一般。

我緊張地打量四周，毫無異狀，而我剛才也沒做噩夢，爲什麼會莫名其妙驚醒？

我心頭一緊，難道是奧里林他們發生了什麼事？

擔憂之下，我拿起手機發訊息給他們，但尤里西斯和奧里林都並未讀取。我沒有考慮打電話，若他們正面臨關鍵時刻，我打去可能會壞事。

一定是我想太多了，沒消息就是最好的消息。

這麼安慰自己後，我再次躺下，可無論在床上如何翻來覆去，就是睡不著。

時間是凌晨三點半，我大概是在午夜時和凱莉結束閒聊，因此其實沒睡多久。內心的這股騷動不安究竟是怎麼回事？

我起身，決定去喝口水，順便走走，心想看看星星也好，待在房裡只會胡思亂想。

我把手機放在床頭櫃充電，拿起一旁的外套穿上，打開了房門。

外面非常昏暗，只有微弱的燈光。凱莉說夜裡會有人巡邏，不過我沒見著人，可能剛好走到別的地方了。

由於找不到電燈開關，我只好沿著牆壁摸索，朝客廳的方向而去，這才發現自己對奧丁的家了解很少，竟然只知道前往客廳的路線而已。

空氣中瀰漫著某種怪異的味道，四周異常寧靜。奧丁家總是很安靜，不如城市那般喧擾，在這邊生活或許不錯。

來到客廳後，我打開電燈，廳內被打理得很整齊，沙發上的抱枕還按照顏色分類，井然有序地擺放好。我拿起吧檯上的一個杯子，倒了水一口氣喝掉。

即便夜空如此美麗，我內心的不安依舊沒有消失。

我決定去找凱莉，不管怎樣，我不想自己睡。

將杯子洗過之後放回吧檯，我關掉客廳的燈返回長廊，卻不知道凱莉的房間在哪裡。或許，我應該待在走廊等待巡邏的狼人經過，好詢問對方凱莉的房間位置。

我走到先前和尤里西斯一起待過的露天陽臺，在這裡既可以欣賞夜景、吹吹晚風，還能順便等巡邏的人出現。

星空美不勝收，如果我也能看見精靈就好了，他們該是多美的模樣？

過了幾分鐘，腳步聲傳來，我趕緊站直身子。可是下一秒，我寒毛直豎，難以言喻的恐懼爬滿全身，那腳步聲很輕，輕得不像是狼人踩在地上所發出的踏實聲響，像是不想讓我發現，卻又想讓我聽見。

不，我得快跑才行！

我不知道自己爲什麼會這樣想，但仍舊本能地往反方向跑。

在我邁開腳步的同時，那腳步聲也忽然加快，我的心臟怦怦狂跳，伸手摀住自己的嘴巴。

這莫名的恐懼到底是怎麼回事？

忽然，我被什麼東西絆倒，長廊太過昏暗，我一時看不清楚，只感覺自己碰到了溼黏的液體。腥臭的鐵鏽味充斥鼻端，距離拉近後，我隱約看出障礙物是一具屍體。

我嚇得差點尖叫，他的脖子被咬出血口，而且是面朝下倒地，肯定是被偷襲了。還有其他巡邏的人活著嗎？我該大叫嗎？

後頭的腳步聲越靠越近，如果是長生的話，我知道我不可能逃得掉，他們怎樣都能輕鬆追上我。

於是我決定賭一把，放聲尖叫。

「救——」

嘴上。

「嗯？這樣不行唷。」女人的聲音在我耳邊響起，纖細又冰涼的手掌貼在我的

我瞪大眼睛，聞到濃厚的血腥味，末時紅豔的嘴唇勾起微笑，輕輕說：「終於可以跟妳單獨相處了，童千蒔。」

第七章

「我們有痛苦，也有遺憾，可這些都是幸福的，我們心甘情願。」

我不敢相信眼前所見，末時居然出現在最不可能出現的地方。她美豔依舊，臉龐下方……不，她全身都是鮮血。

末時微微皺眉，「狼人的血眞討厭，好臭。」

被她逼回房間的我坐在房裡的沙發上，顫抖不已地開口：「妳怎麼有辦法進來？」

這裡可是狼人的聚落，長生的味道應該很容易就會被聞出來，她怎麼膽敢單槍匹馬闖入？

「味道可以掩蓋的呀。」末時瞥了眼自己身上，「我塗了狼人的血，實在是有夠臭的。不過我也因此發現，只要狼人沒有先聞到我們的味道，他們就遲鈍得很，從背後偷襲毫無困難。」

「妳……妳殺了幾個狼人？」我很擔心凱莉，還有小麥和鹿旬，我好怕因爲我的關係，又死了更多無辜的人。

「一直殺到找著妳爲止，遇見幾個殺幾個嘍。」末時倏地移動至我面前，臉龐幾乎貼在我的臉上。「他們果然把妳藏在這，當我看見奧丁的時候就知道了。妳到底有什麼好的，爲什麼連奧里林也願意爲了妳把薩爾殺掉？那可是他父母的朋友啊！」

我直視著她，縱使害怕，我也不願逃避她的視線。

「我好想撕開妳的小臉，或者掀開妳的臉皮，說不定把妳這張臉貼在我的臉上，我也能像妳這麼受歡迎？」末時的舌頭在我的臉頰邊舔拭。

「不要，放開我！」我的牙關不停打顫，死亡離我這麼近，這一次我可能真的逃不過。

「但就這樣子殺了妳太無趣了，我希望可以在尤里西斯面前將妳一塊一塊分屍，可是有奧丁在的話，下手又難了，好討厭呀。」末時嬌嗔，婀娜地扭著身子。

「妳要就快點殺了我！不要囉嗦這麼多！」

末時瞪圓眼睛，勾起妖嬈的笑容，「妳不怕呀？」

「我怕，我怎麼可能不怕！但是我不會屈服於妳……永遠不會！」

她盯著我，目光不帶任何憐憫，只有強烈的殺意。

「好，妳跑吧。」末時說。

「什麼？」

「我給妳十分鐘，如果妳能讓我追不上的話，我就放過妳，如何？」末時露出天真的笑容。

「妳……我怎麼可能跑得過妳！妳終究會殺了我！」她想要像狩獵一樣追逐我，真是惡劣的興趣，她要讓我在恐懼中絕望地逃。

「不管妳跑不跑，我都只待在原地不動十分鐘喔。一、二、三……」她開始讀秒，漂亮的眼睛盯著我。

我試探著起身，她眞的沒有任何動作，只是依舊定定注視我，嘴裡繼續讀著秒數。

我拔腿就跑，此時我的手機卻響起了。我頓了下，末時雖然也看向手機，不過並沒有停止讀秒。

於是我繞過她，拿起放在床頭櫃的手機，來電者是奧里林。

末時站在原地，她的笑容越擴越大。

我接起電話，拚命地往外跑，「末時在這裡！」

我大喊，末時在後頭高聲尖笑，「你們來不及了，她很快就會死了！或許我該錄影？五十八、五十九、一分鐘！我可以拍下她死的過程，然後傳給你們，讓你們享受她的尖叫聲？五、六、七——哈哈哈哈哈——」

「童千蒔！快去找其他狼人幫忙！」尤里西斯的大叫聲從電話那頭傳來。

可是一路上，我看見的是更多的屍體，甚至連小麥……還有鹿旬都……不要，不要！

「死了好多人，怎麼辦？如果我尖叫，不是會讓更多人死……」我大哭著，近乎崩潰，長廊上全是血，無論往樓上還是樓下跑，眼前所見都是鮮血。

「時間到！我改變主意了，五分鐘就很夠了！」末時從後方追來。

「不要！」手機從手中滑落，我無暇撿起，只能沒命地跑。

末時已經追上我，卻遲遲沒有出手，彷彿在享受玩弄獵物的快感。

「千蒔！」我聽見熟悉的聲音，凱莉渾身是傷站在陽臺那裡，「過來這邊，快點！」

我好高興看到她還活著，連忙往陽臺奔去，而她朝我展開雙臂，「我們往樹林逃……」

可是，當我快要碰觸到凱莉的時候，末時卻瞬移過去猛地推了一把。凱莉驚駭地瞪大眼睛，我來不及抓住她，她就這樣墜落到底下的樹林中。

「不——」我衝到欄杆邊，但已不見凱莉的蹤影。

「童千蒔，我等不及了。」末時張口咬住我的肩膀，我吃痛地尖叫，接著項鍊發出強烈光芒，馬上換末時尖叫著往後跳。

「我忘記妳有項鍊了！該死！」末時怒吼，她半邊的臉頰潰爛，而我趁這個機會逃跑。

「跑呀！妳繼續跑呀！反正我很快就會追上妳！」

我返回室內，沿著樓梯向下，決定跑進樹林。

我和奶奶第一次遇見尤里西斯時一樣，在林中絕望地逃，明知逃不過，還是本能地想要跑。

我一面哭一面握緊項鍊，我有好多話沒說、好多事沒做，如果就這樣死了，我將留下多少遺憾？我還沒拯救奧里林，這樣怎麼有臉去見小池？

「啊！」我的背部被某個重物猛然撞擊，痛楚強烈得令我的五臟六腑彷彿都要震碎。

我整個人往前撲倒，嘴裡全是血的味道，那東西重重壓在我的背上。我的背很痛，痛到覺得骨頭好像都斷了，身子無法移動，也無法說話。

「我都忘了，先打到妳不能動就好了呀。」末時嬌笑著緩緩走近，輕鬆地拿起重物往旁邊一丟，我這才看清楚那是樹幹。

她是真的想殺了我。

她粗魯地將我翻過來，我咳出鮮血，噴到了她的臉上，令她瞬間瞳孔放大，「妳的血果然好香！」

尖牙自她的口中突出，她咬住我的脖子，我動彈不得，被咬的疼痛已經慢慢不再清晰。項鍊再次發光，但比剛才微弱許多，她尖叫著後退，臉上的潰爛卻很快復原。她又過來吸我的血，項鍊發光、她退後、又過來……

至此，項鍊不再發光，末時欣喜地笑了，「終於、終於可以殺了妳！噢，我好期待看見尤里西斯知道妳死亡時的反應，是呀，我得錄影才行！」

她拿出手機，打開閃光燈照著我的臉，光線亮得令我想瞇起眼睛，不過其實我的眼前正在逐漸模糊。

「童千蒔，笑一個，生前最後的微笑總是最美……」

我最後的記憶，是末時張開嘴巴朝我的臉咬過來的畫面。

❖

炒青菜的香味撲鼻，抽油煙機的聲音蓋不過窗外的鳥鳴，微風吹了進來，帶著淡淡花香。

我睜開眼睛，發現自己躺在一張舒適的床上，但我不認得這裡。

這是哪裡？我死了嗎？

「千蒔小姐，吃飯了喔！」

從樓下傳來的呼喚讓我的淚水奪眶而出。

是小池的聲音！

我跑出房間，光腳踩在白色的磁磚地，衝到一樓走進廚房。小池正將菜餚端到餐桌上，而一名長相跟我一模一樣的女子坐在餐桌旁。

「看起來眞好吃，小池，你的手藝一點也沒變呢。」少女模樣的奶奶這次不是穿婚紗，而是身著學生制服。

我無法克制地大哭起來，撲進奶奶懷中，小池哇哇叫著說菜要打翻了，而奶奶則說她穿的是新衣服，要我別弄髒了。

這究竟是夢境還是現實？我死了嗎？所以才來到這邊？

「對不起……對不起，我什麼都沒做到，我什麼都……」

「您在說什麼呀，千蒔小姐，從來沒有人能走到這步。」小池驚訝地表示，望了奶奶一眼。

「對呀，千蒔做到了我做不到的事。」奶奶站起身，緊緊抱住我。

「可是我……我……」我泣不成聲，覺得自己好軟弱，到最後還是連累了大家。

小池和奶奶互看一眼，牽著我的手走到屋外，我以為會看見市集或街道，沒想到是一望無際的大海。

海風拂過臉頰，我回過頭，奶奶和小池居住的房子是棟漂亮的白色兩層建築，屋頂漆成深藍，庭院種滿五彩繽紛的花草。

而屋子後方有一片美麗的草原，群鳥翱翔於天際，彩虹掛在湛藍的天空，月亮與太陽共存。小池就站在陽光下，皮膚沒有被灼燒，也沒有潰爛。

我摀住嘴巴，看著眼前這夢幻的情景，這不存在於現世的地方。

「千蒔，妳沒有死。」奶奶說，她注視我的眼神是如此堅毅，雖然外貌神似，但我有過她這樣的表情嗎？

「那這裡……」

「算是妳暫時的避風港吧。」奶奶聳聳肩，露出俏皮的笑容。

「千蒔小姐，很可惜沒辦法讓您再次吃到我做的菜，不過您也別覺得可惜，總有一天吃得到的。」小池開心地笑。

「小池！」奶奶橫了小池一眼。

小池仔細盯著我們兩個瞧，接著笑了起來，「我以前覺得妳們很像，可是當妳們站在一起時，才發現一點都不像呢！」

我又哭了，也不知道是爲了什麼。

「這裡是眞正存在的地方嗎？你們眞的在這裡過得很好嗎？沒有痛苦、沒有遺憾？」

奶奶歪頭看了看小池，小池也皺眉思索。

「怎麼可能沒有痛苦呢？被太陽晒得很痛呢。」小池搓著手臂。

「怎麼可能沒有遺憾呢？我多想和奧里林一同老死。」奶奶苦笑。

我垂下目光，小池拉起我的一隻手，面帶微笑指向天上的太陽，「可是在這裡，我能走在夢寐以求的陽光之下。」

奶奶則拉起我的另一隻手，「而妳用自己的方式，正帶領著奧里林走向他想走的那條路。」

「我們有痛苦，也有遺憾，可這些都是幸福的，我們心甘情願。」說著，他們同時將我拉過去，隨即又把我往前一推，並放開我的手。

我感受到自己不斷地下墜、下墜，他們離我越來越遠，站在那美麗的地方對我揮手。

「童千蒔！童千蒔！」我睜開眼睛，奧里林驚慌的模樣映入眼簾，這還是我第一次看見他露出這種表情。

「呼，還好沒死。」一旁的奧丁眉頭緊鎖，「眞是死傷慘重，我光是在這就聞得到血腥味，沒想到末時會把狼人的血塗在身上，她還不笨。」

司古氣得青筋都冒出來了，而我注意到奧里林的嘴角都是血跡，於是伸手摸了自己的臉，皮膚都在，背部也不痛了。

我環顧四周，發現還待在樹林之中，奧里林的拇指撫過我的臉頰，「妳有辦法站起來嗎？」

我愣愣地點頭，在奧里林的攙扶下起身，這才驚見整個地面都是鮮血。我顫聲問：「這……是我的血嗎？」

奧里林難受地點頭，「妳差點就死了，不，妳幾乎死了，末時已經要咬斷妳的喉嚨。」

「她、她人呢？尤里西斯呢？」

「末時一見到我們就逃走了，而尤里西斯追著她去了。」奧丁嘖了聲，忽然怔了下，接著拔腿往另一邊跑。

「奧丁！」司古和其他狼人喊著，也追了上去，不一會兒，他們帶著渾身是傷的凱莉回來。

「凱莉！」我激動地喊。她還活著！

「奧里林，幫我治療凱莉！凱莉不能死！」奧丁心急如焚，奧里林二話不說上前，用自己的血液醫治凱莉。

我抬頭望著逐漸明亮的天空，就快天亮了，爲什麼尤里西斯還要離開？

凱莉睜開眼睛後，奧丁立刻緊緊抱住她，而我焦慮地東張西望，抓住奧里林問：「你們那邊發生什麼事了？尤里西斯在哪？」

「剛剛奧丁說過，他去追末時。別擔心，相較起來，尤里西斯的能力在末時之上……」說著，奧里林忽然皺眉。

「怎麼了？」我直覺這不是好兆頭。

「我只是想起尤里西斯有些不對勁的地方——」奧里林睜圓了眼睛，「我們必須趕快找到他們，我在路上跟妳說！」

聞言，我立刻往前衝，奧里林嘖了一聲，對奧丁說：「我們去找尤里西斯，你們先回去，我想裡面應該……」

「我很抱歉，沒有保護好我們的家人。」凱莉落下眼淚。

「不要這麼說，沒關係、沒關係……」奧丁緊抱著凱莉，然後朝奧里林頷首，「小心點。」

奧里林眨眼間追上我，一手攬起我，瞬間躍至空中。

「妳自己跑要跑到什麼時候？」奧里林輕聲嘆息。

我的眼淚不停滑落，不是因爲剛從鬼門關逃回來，餘悸猶存，而是因爲強烈的不安。我不知道尤里西斯打算做什麼，不祥的預感卻揮之不去，就好像我要失去他了似的。

奧里林低聲說：「妳別哭了，我大概知道尤里西斯打算做什麼，我們必須先去拿黑布。」

「他想做什麼？你們那裡發生了什麼事，怎麼會這麼快就回來？」

奧里林轉向，在紅色跑車的停放處落地，我迅速進入車裡拿出黑布抱在懷中，他再次使用跋往上一跳，講起他們的遭遇。

✤

「奧里林，你身上還有這種藥丸嗎？藥效更強烈的。」

雖然長生不需要休息與補充水分，但狼人需要。當奧里林一行人將車子停在便利商店前，等待狼人們去買水、上廁所的時候，尤里西斯忽然問。

「你還要？」奧里林挑眉。

「或許會有需要，以防萬一罷了。」尤里西斯聳聳肩。

「沒有效果更強的藥了，只有那個。」奧里林並未多加思索，便從胸前的內袋拿出藥盒，裡頭放了兩顆紫色的小寶石，以及一顆黃色藥丸，「這是我身上的最後一顆。」

尤里西斯的表情變得有些詭異，他猶豫了下，最後還是接過奧里林手中的黃色藥丸，放入自己裝著原本那顆藥丸的瓶子內。

「那又是什麼？」尤里西斯問的是藥盒裡的兩顆紫色寶石。

奧里林在與蓋密斯戰鬥時，用過這種石頭，事實上就是紫鋰輝。他將陽光儲存於紫鋰輝中，只要捏碎便能釋放出來，瞬間殺死周遭的長生。

「更強大的東西。」

「不能給我那個嗎？」

「這個一捏碎就會釋放出強烈的陽光，被照射到的長生會瞬間死亡，是只有我才能用的武器。」奧里林勾起微笑。

「……你等等如果有需要用到這個，記得知會我一聲。」尤里西斯喃喃說，他的表情可笑至極，令奧里林有些愉悦，將藥盒收回了內袋。

「喂，你有聽到嗎？奧里林！」尤里西斯想得到具體的回應，但奧里林面無表情看著前方，充耳不聞。

「差不多快到了。」奧丁從便利商店裡蹦蹦跳跳地出來，手裡拿了許多零食。

「你是來郊遊的嗎？上次也這樣。」尤里西斯忍不住翻白眼。

「我需要隨時補充能量啊。」奧丁嘟嘴，「快快快，該走了！」

司古幫奧丁開了車門，尤里西斯將小瓶子放回口袋內，上了另一台車。

上車前，奧里林瞥了奧丁一眼，發現他正盯著手機出神，手上的零食掉到了地上。司古彎腰撿起，詢問奧丁：「發生什麼事了嗎？」

「沒什麼，只是剛剛才看到一則訊息。司古，你記得我轉變你之後，對你說的第一句話嗎？」

司古點頭，「記得。」

奧里林上了車，沒繼續聽他們接著說了什麼。

他們的目的地是末時位於南部深山的宅邸，那裡的樹木相當高大，又生得繁密，十分便於隱匿蹤跡。

尤里西斯以往時常和末時在那玩追逐人類的遊戲，對地形特別熟悉，於是便由他乘坐的那台車在前方帶路。當他們抵達樹林外圍時大約是午夜，尤里西斯下車後先撥了電話給末時，卻並未被接聽。

「我想末時不會願意談判，看到她的人馬就可以直接動手了。」尤里西斯收起手機，對其他人說，「但記得，末時交給我處理。」

奧丁聳聳肩，奧里林也沒有表示意見。

他們原本打算兵分三路，然而一踏進樹林，所有狼人都神情緊繃，立刻化為狼形，唯有奧丁神色自若，「你們在緊張什麼？放輕鬆。」

「長生的數量很多。」司古凝重地說。

「嗯，粗估至少五十個吧，所以我建議我們都待在一塊。」奧丁露出略顯為難的表情。

「五十！」尤里西斯不敢置信。

「不意外，薩爾那邊都能有三十個了，末時這裡本來就該更多。」奧里林感受著空氣中不尋常的氛圍，「你到底是去哪裡惹到這麼恐怖的女人？」

「所以奧里林才只跟人類交往吧，再怎麼恐怖都不會到這樣。」奧丁說完還哈哈大笑。

一行人小心翼翼地朝樹林深處前進，林中鴉雀無聲，動物們都躲了起來，本能地迴避危險。這也是每當長生在野外展開殺戮時，周遭都相當安靜的原因。

狼人們警戒著四面八方，樹木的枝葉太過茂密，遮住了月光，司古的鼻翼不斷抽動，「周遭充滿長生的氣味，但是我無法分辨他們在哪裡。」

奧里林抬起頭，在進入樹林前，他特別看過天空，夜空中沒有一絲雲朵，月色也十分明亮，他不明白為何林中會完全沒有光。

一陣風吹過，樹葉摩擦發出沙沙聲響，枝條隨風擺動。不過也有不少枝葉紋絲不動，而且附近還散落著光點……

他突然反應過來，趕緊大喊：「他們全都在樹上！」

所有人同時抬頭，見到樹上埋伏了大量長生。他們雙眼發亮，露出白森森的牙齒，一個個獰笑著躍下。

這群長生似乎訓練有素，立刻分頭襲擊不同的狼人，速度極快，遇襲的狼人還來不及應對，另一名長生又衝了上來。他們採取打游擊的戰術，每個長生都是出手一擊就迅速拉開距離。

樹林裡迴盪著眾多長生的笑聲，狼人們被激得雙眼發紅，憤怒地吼叫，奧丁倒是很冷靜地觀察戰局。忽然，一名長生從旁邊的樹叢跳出來，自奧丁後方高速接近，張開血盆大口準備咬下——

「啊！」發出尖叫的是那名長生。

奧丁徒手抓住對方的脖子，他的眼睛甚至沒有看著對方，連外貌都沒轉變成狼形。

「你們都冷靜一點。」奧丁微笑，左手使勁，將那名長生的脖子直接捏碎。

其他長生見了又驚又懼，而司古瞬間解決了三名長生，其餘的狼人也恢復鎮定，不再被長生們牽著鼻子走。

奧里林的手上緊捏著紫鋰輝，太久沒有看奧丁戰鬥，他都快忘記奧丁有多強了。他將紫鋰輝收進藥盒，卻瞥見尤里西斯正瞪大眼睛盯著他。

「你剛才打算要用嗎？」

「對，但現在局勢已經控制住，那就不需要了。」奧里林抓住一個衝過來的長生的脖子，往後一甩。

「喂！你剛才有打算提醒我嗎？有嗎？」尤里西斯怒喊，一個飛踢踹開向他撲去的長生。

「別囉嗦好嗎？」奧里林不屑地說，伸出尖牙咬爛另外兩名長生的脖子。

「這攸關我的性命，什麼叫別囉嗦！」尤里西斯怒氣沖沖，又順手解決了三名長生。

很快，他們取得絕對優勢，不少長生見情況不對便逃走了。他們也不打算浪費時間去抓那些喪失戰意的對手，而是在尤里西斯的引領下，前往末時的宅邸。

狼人們因為咬了許多長生而興奮異常，奧丁則依舊像個孩子般天真微笑，走在狼人們中間。

當他們越來越接近宅邸時，又冒出好幾個長生攔住去路，有個聲音嘆了口氣，「那個人類沒來嗎？」

奧里林不禁皺眉，這聲音他一聽就知道是誰。

「喜多。」

一個高大的男人從某棵大樹後走出來，奧丁皺眉。

「太可惜了，我特別希望能殺掉你們所愛的女人，人類很容易殺的。」橋羅從另一邊現身，看起來比當年更加壯碩，神情也更為瘋狂。他的嘴角流著血，雙眼瞪得老大。

「沒想到你們還混在一起。威里呢？」奧里林再次將手探進胸前的內袋中。

「我們也沒想到你和奧丁還混在一起啊，他可是殺了你的父母。活該，誰叫你們家要製造出怪物！」橋羅尖笑，而奧丁斂起笑容。

「也許當年沒讓你學到教訓？」

奧丁的威嚇讓橋羅止住笑聲，接著興奮地顫抖，「怪物，我跟當年不一樣了，不會再讓你打著玩。」

說完，橋羅大吼一聲，飛快地朝奧丁撲去，而奧丁就這樣被橋羅撞飛。

尤里西斯愣住了，但其他狼人都沒有反應，他們留意著周遭的動靜。

「有其他長生在。」司古低語，然後抬起頭。這一次不只是樹上，連地面上都出現長生。

他們沒時間擔心奧丁，也不需要擔心奧丁，眼前的問題必須先解決。

喜多的目標自然是奧里林，而他們的作戰方式和之前那群長生不同，他們分成了幾個小隊，集中攻擊某個狼人，並試圖將狼人們打散。其中一名狼人一個不注意被咬到腳踝，下個瞬間就被長生咬斷咽喉而死。

司古怒吼，用力揮開趴在那名狼人身上的長生，然而已經遲了。見狀，他氣憤難耐，衝上前瘋咬了好幾個長生。

奧里林躍到樹上，喜多也跟著跳上去，狂喜地說：「不要逃啊，奧里林，你從小就很喜歡逃，現在也要逃嗎？」

「喜多，我並不想殺你。」從以前到現在，奧里林都不願刻意去傷害任何人。

他的母親說過，或許是因為奧里林體內流有人類的血液，才更懂得憐憫他人，雖然人類明明是殘忍的，戰爭的發生就是鐵證。

「哈哈哈！現在倒是很懂得虛張聲勢了啊！」喜多忽然消失，又瞬間出現在奧里林面前，張口想咬，不過他的速度太慢，奧里林輕易地一個旋身閃過，並狠狠將喜多打落至地面。

喜多卻立刻跳起來，再次爬上樹，抓住奧里林的腳往下拖。

「喜多，這是我最後一次警告你了。」

「有種就殺了我啊！」喜多的精神已經不太正常，自從被奧丁攻擊的那一夜之後，他的人生目標就只剩下殺掉他們兄弟倆。

奧里林想甩開他，可是喜多的速度忽然加快，從另一邊爬上樹，倏地抓住奧里林的外套。當奧里林意識到他要做什麼時，已經來不及了，喜多扯破了外套前襟，藥盒掉落而出。

該死！

奧里林在內心暗罵。

喜多轉身去搶藥盒，奧里林也追上，但喜多迅速倒出兩顆紫色寶石，在跑過一個正在與狼人廝殺的長生身邊時，將寶石丟入對方口中。

瞬間，那名長生全身發出強光，極度痛苦地身軀爆裂而亡。

然而那陽光只影響到他附近的兩、三名長生，且造成的傷害並不大。喜多得意地笑著，「你以為我會和蓋密斯犯同樣的錯誤嗎？薩爾把你的能耐都告訴我們了，沒有了那個，你能拿我們怎麼辦？」

「薩爾太低估了我的能耐。」奧里林淡淡說。他雖然扼腕，不過東西已經損失，也無法挽回。

喜多朝奧里林奔去，而奧里林再度跳上樹，喜多跟了上去，並又一次抓住奧里林的腿。奧里林隨即放鬆身子，讓喜多將他往下拽，砰的一聲，他們一起跌落在地。

奧里林壓在喜多身上，雙手掐住他的脖子，「喜多，我們本來可以好好相處。」

「誰要跟你這個雜種相處！你的父母是異類，死了活該！奧丁也是怪物……你們，一家都是怪……物……」喜多怒吼，說到最後卻再也發不出聲音。

奧里林冷冷盯著他，「永遠不准汙衊我的家人。」

奧里林一家與世無爭地生活在樹林深處，安分守己，一直以來，始終是整個長生界不肯放過他們。

他掐住喜多的咽喉，用力一扯，拔出了氣管。喜多大口吐出鮮血，須臾結束了活了幾百年的生命。

此時，奧丁從另一邊走回來，他光裸的上半身沾染了不少血跡，臉上還是掛著可愛的笑。他的手裡提著橋羅的頭，用力一擲，遠遠丟了出去。

「我不介意大家繼續廝殺。」奧丁說，瞥見一旁有幾名狼人的屍體後，他眉頭一皺，「好，我現在決定殺光你們了。」

他拱起身，黑色毛髮從他光滑的肌膚生出，眼睛變成黃色的銅鈴大眼，雙手指甲尖銳伸長。他的身軀比其他狼人還大上兩倍，看起來真的就像怪物一樣。

尤里西斯是第一次看見奧丁的真身，他的雙腿不禁微微顫抖，而其他長生更是紛紛尖叫，瞬間喪失戰鬥意志落荒而逃，但奧丁隨手就抓起一個長生血祭。

見狀，長生們更是四下逃竄，不過司古也沒有放過這個機會，為了避免逃走的長生回來偷襲，必須徹底擊垮他們的戰意，所以其他狼人都沒閒著，能扯斷幾個長生的手腳就扯斷幾個。

看著尤里西斯恐懼的模樣，奧里林明白尤里西斯內心肯定在想，奧丁是怪物。為了保護所愛的一切，也許人人都能成為怪物。

尤里西斯很快站直身子，深吸一口氣大喊：「喜多和橋羅都死了，你們看見他們的下場了，誰還要站在末時那邊與我們作對？」

眾多長生停下動作，彼此竊竊私語。

他們已經不知道自己幫助末時到底是為了什麼，難道只為除掉奧丁這個難以擊敗的可怕對手？

「只要你們離開，我永遠不會再追究。」奧里林沉聲說，「但你們也永遠不能再對我們出手！」

聞言，那些長生頓了頓，下一秒全數作鳥獸散。

尤里西斯鬆了一口氣，狼人們氣喘吁吁，奧丁也恢復原本孩童的模樣。

「你還好嗎？」奧里林詢問奧丁。

「不礙事，快點解決吧。」奧丁喘著氣搖頭，其他狼人也顯得十分疲倦。

狼人不是萬能，他們跟人類一樣需要水和食物，只是力氣是人類的好幾倍。可相對的，他們的體力也耗費得更快、更容易透支。

這一點，尤里西斯發現了，他低聲問：「難道狼人每變身一次，就會消耗大量的能量？」

「是，這點不要讓其他長生知道。」事到如今，奧里林也不打算隱瞞尤里西斯任何事。

尤里西斯頷首，這個弱點若是被其他長生得知，尤其是調解會的人，局勢鐵定會失控，畢竟長生一直以來都想除掉狼人。

他們總算排除萬難，繼續趕往末時的住處。當他們抵達宅邸時，只見屋裡燈火通明，尤里西斯馬上衝進去，奧里林隨後進入，可是眼前空無一人。

「這裡沒有長生的味道。」奧丁進來後，深吸一口氣，「附近也沒什麼長生在了。」

奧里林和尤里西斯面面相覷，明白事態嚴重了。

「那時，我們才發現中了調虎離山之計。」奧里林抱著我，而我抱緊懷中的黑布，渾身顫抖不已。

「所以……尤里西斯多拿那個藥丸的用意是……」

「大概是要讓末時和他一起吃下，然後被陽光晒死吧。」奧里林抬頭望著天空，天色已經微亮。

「他的能力在末時之上，沒必要跟末時同歸於盡吧？」我焦急地說，陽光真的會害死他們的！

「也許沒有必要，但看了妳剛才的模樣……」奧里林低下頭，看著我染滿血跡的衣服與肌膚，「他可能無法理智地判斷吧。」

我倒抽一口氣。

不，尤里西斯，你千萬別死！

第八章

「妳和封允心不一樣，妳不是為了奧里林才待在這裡。」

「我是為了奧里林而待在這裡。但是，我跟奶奶的確不一樣。」

我們在樹林中穿梭，太陽已經徹底露臉，我驚恐地對奧里林喊：「還沒找到尤里西斯嗎？太陽出來好幾分鐘了，他會死的！」

「如果他吃了藥的話，還能撐一會兒。」奧里林瞇著眼睛仔細搜索，他嗅著空氣中的味道，試圖找出尤里西斯的位置。

我焦急萬分，有種就快來不及的預感，陽光如此炙熱，沒有任何長生可以抵擋，我不要這樣的結局。

這時，前方出現兩道人影，正是尤里西斯與末時。下一秒，他們的身體冒煙，末時淒厲地尖叫。

「在那裡！」我指著前方，奧里林迅速趕往。

「你要跟我同歸於盡嗎！尤里西斯，爲了一個人類值得嗎！」

「爲了千蒔，很値得。」

末時與尤里西斯的對話傳入耳中，我眼淚直流，末時痛苦的尖叫聲響徹雲霄。

「快點！奧里林！」我哭喊。

不要啊，尤里西斯不能死，他不准死！

當我們抵達時，尤里西斯和末時已經奄奄一息，雙雙躺在地上，兩人的身軀幾乎腐蝕殆盡，我嚇得渾身顫抖，但還是拚命邁開腳步奔過去，用黑布將尤里西斯一層一層包住。

還來得及！一定還來得及！

「尤里西斯！不准死！不准死！」我哭著呼喚，崩潰地對奧里林說：「奧里林，快點救他，把他帶到沒有陽光的地方！」

「尤里西斯，這是我第二次救你了。」奧里林開口，彷彿是要尤里西斯記得他所施予的恩惠。

接著，他輕鬆地扛起尤里西斯，並抱起我，我們眨眼間來到一個黑暗的洞穴，陽光被阻隔在外。

「尤里西斯！你沒事吧？」我拉開黑布，尤里西斯臉上嚴重的潰爛正逐漸消失。他瞪圓著眼睛看我，不確定似的伸手輕撫我的臉頰，然後笑了起來，眼裡閃爍著淚光。

「太好了，妳還活著。」然後，他流下眼淚。

奧里林和我都愣住了，長生的淚水比珍珠更珍貴。

我也哭了起來，用力打了尤里西斯，「你就要死了！你差點就死了！」

尤里西斯身上的潰爛全部消失，好像剛才瀕死的模樣是幻覺一般，而外頭的末時我想是死透了。

但我無法忘懷剛才看見的景象，尤里西斯簡直將近只剩白骨。

這短短的日子以來，尤里西斯已經差點沒命兩次，我此生不想再看見他那個樣子了，我無法承受。

「妳也差點死了，妳不准我死，又怎麼可以隨隨便便就被殺死！」尤里西斯反過來怒吼。

「我、我也沒辦法，我努力地逃了啊！你爲什麼要這樣罵我……」我大哭起來，而尤里西斯將我擁入懷中。

他的身上毫無溫度，也感覺不到心跳，對我來說卻是全世界最令人安心的懷抱。我緊緊回擁尤里西斯，只差那麼一點點，他現在就無法在我面前了。

奶奶，我和妳不同，我想拯救奧里林，可是我想陪伴一輩子的對象不是他。

奧里林從頭到尾都站在一旁看著，沒有插話也沒有靠近。我和尤里西斯在情緒稍稍平復後，才尷尬地鬆開彼此，頓時有些手足無措。

「我們必須快點回去奧丁的宅邸，尤里西斯，你裹著黑布應該能撐一下吧？」奧里林語氣平板，「就算不能也得能，你想辦法撐住吧。」

他將黑布丟到尤里西斯身上，我動手將尤里西斯包起來。

「等一下，所以我要被你抱回去？」尤里西斯的臉從黑布裡探出來。

「我扛著你，抱著童千蒔。」奧里林強調了「抱」這個字。

「快點啦。」我哄著尤里西斯，把他包得密不透風，而後奧里林把他扛在肩頭上，看起來還眞像屍體。

「走吧。」奧里林朝我伸出手，我搭上他的肩，縮進他的懷裡。

他輕巧地以腳尖點地，使用跋以極快的速度返回奧丁的居處。宅邸內的屍體都被集中放在大門旁的空地上，血跡也都被清乾淨了。

奧丁來回踱步著，而凱莉沒事似的忙進忙出。

「解決末時了嗎？」一看見尤里西斯，奧丁便問。

「嗯。」尤里西斯解開黑布。

「他差點死了。」奧里林不忘補充。

「喔？」奧丁一點也不在乎的樣子，「你們有看見威里嗎？」

「沒有，他還是沒現身。」奧里林說。

「威里不可能錯過這個機會，但他組織的勢力已經瓦解了，他不可能再過來找碴……」奧丁擰著眉毛。

「威里是維克的姪子，維克不可能讓他死的，他勢必會回到調解會的保護傘之下。」尤里西斯說。

「不殺了他我不安心，可是也沒理由要調解會把人交出來，畢竟威里沒主動攻擊我們……」奧丁思考著。

「就算除掉了威里，還是會有很多長生覬覦奧里林的能力，類似的事將不斷重演。」尤里西斯點出癥結。

所有人都陷入沉思之中，但奧丁很快拍了拍手，「我們該把死去的人都埋起來，舉行一場葬禮。」

「好的。」司古點點頭，立刻去張羅。

「然後也要準備慶祝，因為我們得到了勝利。把消息放出去，讓調解會知道他們不能隨意動我們。」奧丁吩咐凱莉，她也馬上去辦。

狼人們將族人的屍體搬到另一塊較大的空地，因為數量不少的關係，因此奧里林也加入搬運的行列，尤里西斯倒是只站在旁邊看而已。以他的身分確實也不適合幫忙，畢竟只有奧里林不被狼人所排斥。

在這個過程中，我看見奧里林將自己的掌心割出血，摸上某個胸口被咬開的狼人的心臟，但那顆心臟並沒有發生和小池那時一樣的變化，毫無動靜。

我沒有忽略奧里林眼底的哀傷及失望，看來雙方必須在相愛的情況下才能得到結晶這點，是千眞萬確了。

奧里林很快收回手，將屍體抬到空地。一整排的屍體覆蓋著白布，有些白布還沾染了血跡。

司古和其他狼人將一具具屍體堆疊在一起，所有狼人都來參加葬禮了。他們流著眼淚，現場的氣氛卻沒有預想中凝重，因為他們讚頌著同伴的英勇，說犧牲者保護了該保護的人，這是一場勝仗。

結果，我是哭得最慘的那個。

奧丁站上以木板搭成的平臺，所有人安靜下來，認眞地聽奧丁說話。

「我很榮幸能有你們當我的家人，陪伴我度過快樂的時光，你們的所有付出我將永遠牢記。而你們還記得，在成爲我的家人後，我說過什麼話吧？」

狼人們全都嚴肅地點頭，其中幾個甚至掉下眼淚。

「現在就是時候了，你們都會好好的。」奧丁微笑。

我和奧里林及尤里西斯並不明白奧丁的意思，奧丁的發言聽起來略帶感傷，狼人們此刻悲傷的情緒也不像僅是由於失去了家人而已，不過這大概是狼人一族的隱私，我們不好多問。

而後，奧丁接過司古拿著的火把，走向屍堆，點起了火。

所有屍體很快被熊熊烈火吞噬，站在一段距離外看著煙霧飄向天空，我想起奶奶和小池所在的那個夢幻之地。

所有逝去的生命都會抵達美好的地方，雖然仍懷抱遺憾和痛苦，但那裡沒有殺戮、沒有恐懼。

酒。

「乾杯！」

客廳裡的大家一同舉杯，奧里林與尤里西斯喝的當然是血，奧丁與我則是喝紅

凱莉將食物端上桌，一旁的司古綳著臉。

「威里的事情暫時無解，但就和尤里西斯說的一樣，沒了威里，也還有其他的長生會想找麻煩，這眞是遺憾。」奧丁的臉頰紅通通的。

「算了，我們總有機會的。」奧里林看著他，「奧丁，謝謝你。」

「謝什麼，我們是兄弟啊，這是應該的。」奧丁理所當然地說，奧里林一愣，隨即露出微笑。

這個畫面多麼和諧美好，我好像變得太多愁善感了，連這樣都忍不住鼻酸。

「奧里林，我一直都……很抱歉。」奧丁忽然說。

「不需要這麼說。」奧里林搖頭。

「已經是最後了，我一定要說。」

我瞪圓眼睛，與尤里西斯對望。

最後？

「奧丁，你這是什麼意思？」奧里林放下高腳杯。

奧丁勾了勾手指，司古將他的手機拿過來，奧丁點開一則訊息，把手機放到桌面給大家看，這一看，我們三個無不大驚失色。

奧丁先生，我要說一件很重要的事。

我相信我們的決定會是相同的，但請等到好好幫助完奧里林先生後再這麼做，並且請一定要在千蒔小姐還活著的時候這麼做。

這是來自小池的訊息，他告訴了奧丁讓奧里林成為人類的方法。

「奧丁，我不允許。」奧里林冷聲說。

他已經失去了小池，不能再失去奧丁。

「這不是你能決定的。」奧丁滿不在乎。

「那你的這群家人該怎麼辦？」奧里林看向司古和凱莉，外頭還有在村莊生活的近千名狼人。

「在他們成為我的家人以前，我的家人是你。」奧丁斬釘截鐵地說。

而司古接著開口：「從今以後，我們就是家人，但我還有另一個和我不同種族的家人，奧里林。他是我生命中最重要的人，比我自己還重要。」

「司古？」

「這是奧丁轉變了我們每個人之後，所說的第一句話。在狼人的守則裡，最至高無上的原則便是奧里林的事永遠得擺在第一位。」

「奧丁……」奧里林不可置信地看著奧丁，而看似天真的小男孩只是露出微笑。

「他們已經隨時做好準備。我的生命是你們給我的，所以我很願意，不，應該是說，我很樂意獻上自己的生命，讓我的哥哥成爲他一直想要變成的人類，與所愛的女人長相廝守。」

「你一死，狼人就等於滅絕了不是嗎？」尤里西斯將酒杯放到桌上。

我倒抽一口氣。

對呀，狼人的壽命是有限的，再加上只有奧丁可以轉化人類成爲狼人，這樣的話……

可是奧丁看起來不怎麼在意，「狼人本就不是自然產物，我是被製造出來的，而他們是被我製造出來的，這個結果是必然。」

「我不會接受的，奧丁，你應該活著，和我一起……」

「不，奧里林，我要你變成人類，和你愛的人好好活著再死去。當你的生命有了盡頭，噩夢才會結束。」

我摀住嘴巴，想起凱莉所說的話。奧丁還記得自己撕裂父母時的感覺，那對他來說是多大的折磨？

「我不准……」

「奧里林，求求你成全他吧！」凱莉忽然衝過來，跪在奧里林面前，「這對他而言是種解脫！」

「凱莉！妳知道妳在說什麼嗎？」奧里林不可置信地怒吼。

「奧丁記得所有事情，包括自己失控的那一夜。數百年來，他每天都無法睡得安穩，夜夜都會夢見那晚的慘劇，求求你大發慈悲，不要反對他的決定。」凱莉的語氣哀痛。

司古的表情雖然十分悲傷，但也堅定地說：「奧丁將大家從人類轉變為狼人時，就已經說了，奧里林是最重要的。」

我倒抽一口氣，所以剛才在葬禮上，奧丁就已經跟所有族人道別了嗎？而狼人們也都接受這個決定，因為奧丁說的話就是絕對，因為奧丁打從一開始就告訴了他們——

奧里林，是他最重要的家人。

奧里林怔怔地看著奧丁，奧丁扯扯嘴角，「對我來說……雖然沒有血緣關係，不過他們仍是我的父母，我無法接受自己親手殺了父母，因此必須活著承受這些罪孽。可是如今我的死亡能發揮巨大的意義，所以請你接受吧。」

「奧丁……」

「請您接受吧。」司古也跪下來，恭敬地磕頭。

做出這個選擇需要多大的勇氣，需要多堅定的愛？

「事實上，無論你接不接受，我都已經決定了，你也只能接受。但我還是希望能得到你的祝福。」奧丁起身，走向奧里林，「哥，我想去見爸媽了。」

我摀住嘴，克制不住地哭了起來。

奧里林將嬌小的奧丁擁入懷中，我彷彿看見兩人都還小的時候，純真無邪地玩在一塊的畫面。

✥

奧丁的死是絕對的祕密。

狼人的新領袖是凱莉，他們對外聲明，表示不再干涉任何關於長生的事務。他們打算靜靜地與世隔絕，逐漸迎向滅亡，將整個族群徹底封閉起來。

我們三個坐在尤里西斯的車上，由奧里林開車，載著奧丁的屍體駛往當年他們的父母死去之處。

一切都從那裡開始，也將在那裡結束。

奧丁的死亡很平靜，他先服用了大量的安眠藥，再由奧里林悶死他。也許和這陣子看到的那些狼人與長生的死法相比，奧丁這樣已經是最好的結局，只是我依舊不禁覺得殘忍。

不過，死亡又哪裡有什麼最好的方法？踏進這個世界後，讓我對生死的看法也改變了。

奧丁的心臟被從胸口取出後，轉眼化爲淡橙色的結晶，大小接近一克拉的鑽石。

如同奧里林的母親所製作的繪本中提到的那樣，心臟變成了美麗的寶石結晶。我看著罐子裡頭的結晶，淡藍色和淡橙色的結晶互相輝映出美麗的色彩。

一路無話，車子抵達了被霧氣包圍的山頂。停妥後，我們各自下車，尤里西斯說他從不知道還有這樣的地方。

即使在昏暗的夜晚，也能看見眼前霧氣瀰漫，我們跟著奧里林走向空地，尤里西斯被四周的牛群嚇了一跳，但很快就跟那些牛玩起來，雖然其實只是他單方面地逗弄牛，牛絲毫不理睬他。

到了定點，奧里林小心翼翼將奧丁的屍體放下，接著拿起鏟子就要挖土。我要尤里西斯過來幫忙，奧里林卻說，這一切都由他自己來。

於是我靜靜站在旁邊，看著奧里林獨自挖出洞穴，再將奧丁安置進去。我好像看見一個小男孩被迫在一夜之間長大，沒有人陪伴他成長，也沒有人能成爲他的後盾，對他伸出援手。

而後，他將土壤重新覆上，接著半跪下來，俯身親吻了泥土地，我則雙手合十，在內心祈禱著。

奧丁想必和小麥、鹿旬以及其他死去的狼人們重逢了，萬物皆有靈，他們從這世上離開，在別處重生。

尤里西斯從另一頭走回來，「有件事一直懸在我的心裡，人類的心臟結晶難道不是指童千蒔嗎？」

我愣了愣。

打從一開始，我就不覺得人選是我。

奧里林想必也這麼認爲，他瞥了我一眼，「童千蒔並不愛我。」

我內心一緊，尤里西斯則挑起眉毛。

「可是再怎麼說，封允心的屍體都已經腐爛了吧，這樣也拿不到心臟了。」尤里西斯又說，我倒抽一口氣，這才驚覺之前完全沒有想到這點。

「你不需要擔心。」奧里林拿著鏟子向前走去，我也邁開步伐，可尤里西斯拉住了我。

「怎、怎麼了？」

「所以，妳和封允心不一樣。」

「我和奶奶當然不一樣。」我不知道他沒頭沒腦地在說什麼。

「妳不是爲了奧里林才待在這裡。」

「我是爲了奧里林而待在這裡。」我凝視著他，忽然明白了他的意思，臉頓時有些紅了，「但是，我跟奶奶的確不一樣。」

他勾起滿意的笑，鬆開我的手。

「你現在才知道嗎？」我試探著問。

「我只是想確認。」他聳聳肩，看起來很開心。

奧里林站在不遠處的一塊空地，那裡的青草看起來比其他地方稀疏，高度也比較短，我很快意會過來，頓時熱淚盈眶，趕緊跑過去。

「我奶奶也在這裡嗎？」

「所有我愛的人都在這裡。」奧里林輕聲說，也就是說，他的父母同樣葬在此處。

他將鏟子插入泥土中，每往下深入一點，我的心就跟著一跳。

奶奶，奶奶就在這裡！

過了一段時間，鏟子似乎碰到了什麼，奧里林停止動作，將鏟子放到一邊，改爲徒手挖掘，我和尤里西斯也蹲下身幫忙。

很快，棺木的一角出現，我們將土統統往旁邊推，深咖啡色的木頭棺材終於重見天日。滿身是土的我往後退開，尤里西斯亦同，而奧里林輕撫棺木，對尤里西斯說：「幫我抬另一邊吧。」

他們合力將棺木的蓋子打開，首先映入眼簾的便是那件白色婚紗。

令我詫異的是，奶奶的屍身完全沒有腐化，就像還活著一樣，和我在醫院時見到的模樣毫無差別。

「這是怎麼回事？」奶奶彷彿只是睡著了似的。

「嗯，奧里林，你眞的有點變態。」尤里西斯皺起眉頭，指向放在奶奶身邊的許多玻璃罐，仔細一瞧，裡頭是各種泡在透明液體中的臟器。

「你把奶奶做成了木乃伊嗎？」我驚愕地問。

奧里林沒有回話，他輕輕撫摸奶奶的臉，拿起裝著心臟的罐子。

他扭開玻璃罐，我聞到一股刺鼻的味道，溼淋淋且變色的心臟被取出，奧里林割開自己的手掌心。

當他的手握住奶奶的心臟時，淡淡的粉紅光暈散發而出，心臟隨即化爲小小的淺粉色結晶。

我看著棺材中的奶奶，跪了下來閉上眼睛，雙手合十，在心中訴說。

奶奶，我做到了，但若沒有妳，我什麼也辦不到。

從過去到現在發生的所有一切，造就了如今的必然。

無論妳和小池的所在之地是夢境還是眞實，我都相信妳已經無牽無掛地到了另一個世界，請安心吧。

當我淚眼婆娑地睜開雙眼時，彷彿看見前方的樹林中，站著一名身穿白紗的少女，以及一名俊美的銀髮青年，但他們的身影轉瞬便消失了。

我吸吸鼻子，尤里西斯站在我身邊，生澀地拍拍我的背，我不禁失笑。他肯定從來沒有安慰人過。

我握住尤里西斯的手，在他的支撐下站起來，然後走向奧里林。奧里林將奶奶的結晶也放入罐子，尤里西斯則把棺材重新蓋起，並將土填回。

此時，神奇的狀況突然發生，三顆結晶彼此接觸後，居然開始自主旋轉，速度越來越快，最後只看得見藍色、橙色與粉色的殘影。接著，三顆結晶融爲一體，變成一顆七彩的圓形藥丸。

「難道只要把這個吃下去就可以了嗎？」我問，尤里西斯將手上的泥土拍乾淨，靠了過來。

「確定要在這裡吃嗎？你們是無所謂，可是快天亮了，我得離開。」他看著天空，霧氣依舊未散，不過天色的確正微微轉亮。

「我要在這裡。」奧里林說。

「我必須陪奧里林，你先回去吧。」我也對尤里西斯說。

他點點頭，還是念了一句：「是要回去哪？」

「先回我家吧。」奧里林的目光沒有離開手中的罐子。

「好，我回去等。車子留給你們，畢竟如果成功的話，奧里林就不能用跋飛躍，只能靠走路了。」

他的語氣雖然有些戲謔，卻帶著祝福。

「尤里西斯，我從沒想過自己會跟你說這句話。」奧里林湛藍的雙眼看著他，「謝謝。」

尤里西斯聳聳肩，轉身離開，右手在空中揮了一下。

只剩下我和奧里林了。

不，我想只是我們看不到，其實奧里林的父母、奧丁、奶奶以及小池一定也都圍繞在我們身邊。

「奧里林，吃吧。」我說，語帶哽咽。

「不知道這是不是眞的，我尋覓了這麼久的，就是這小小的東西嗎？」

而且爲了換來這小小的東西，付出的代價竟如此之高。

「生命是很沉重的。」我微笑，握緊他的手。

奧里林凝視著我，將藥丸從罐子裡倒出來。他那銀白色的髮絲隨風飄揚，湛藍的雙眼在霧氣中顯得如夢似幻。

他吞下藥丸，但沒有發生變化。

我屏息等了幾秒，直到奧里林也一臉狐疑，我才忍不住問：「有什麼感覺嗎？已經轉變了嗎？」

「沒有任何感覺。」奧里林摸著自己的臉頰，接著忽然瞪大眼睛，整個人往後倒下。

我嚇了一跳，連忙蹲到他旁邊，他像是癲癇發作一樣渾身不斷抖動，我抓緊他的肩膀，喊著他的名字。

「奧里林！你沒事……」

下一秒，他的身子猛地拱起，雙眼布滿血絲，全身所有血管浮現。

「奧里林！奧里林！」我驚慌地喊，過沒多久，他忽然靜止不動，平躺在地閉起眼睛。

我將耳朵貼在他的胸前，沒有聽到心跳聲。

他渾身冰冷，就像一具屍體。

但是慢慢的，他的肌膚上浮現的血管痕跡逐漸淡去，胸口發出光芒。我小心翼翼扯開上衣，隱約見到他的所有血液都流向胸口——那心臟所在之處。

我的指尖撫過他的手背和手腕，一路往上，來到了手臂處。

光滑、堅硬、冰冷。

淚水緩緩流下，我將手覆在他的頸間，感覺不到脈搏，亦沒有呼吸起伏。

「醒醒啊……」眼淚在此刻一點用也沒有，我知道，但我克制不住。

我感覺得到奧里林產生變化了，他的外表不變，依然神祕又迷人，只是以往的他像是微微散發著光芒，應該是說，所有長生都是那樣，但如今奧里林褪去了這種感覺，多了一點凡塵的氣息。

太陽從東邊升起，鑽石般閃耀的光芒照亮大地，也照亮他的臉。

他依舊緊閉雙眼，那是我從未見過的模樣。

或許這就是幸福。

這時我才想起一件重要的事，於是趕緊打開放在旁邊的提包，拿出針筒戳入奧里林的上臂，抽出他的血。

血液之中混雜著像是金箔的東西，還帶了點光芒，我眨眨眼，針筒裡的血卻又變得再普通不過，彷彿剛才只是幻覺。

我將血注入玻璃罐，鎖緊後放進提包內，然後不自覺撫摸奧里林的臉龐，發現有了溫度。我又摸他的手，是軟的！

我再次落下眼淚，奧里林張開眼睛，眼瞳仍是漂亮的藍色，卻已經不是奪人心魄的湛藍。

「奧里林。」

他有些茫然地看著我，花了一點時間才讓目光對焦。

「童千蒔。」他笑了，真真切切地笑了。

尾聲

「你希望曾經擁有過再失去，還是不曾擁有過便失去？」

議。

「童千蒔，到底發生了什麼事？」童曉淵站在我的房門口高聲問，一臉不可思

「什麼？」我收拾著房間，把用不到的東西放進箱子。

「那個啊！」童曉淵指著客廳的方向，「妳怎麼只是去外地工作，就帶了外國男友回家啊？」

「那不是男朋友，我都說了，是同事。」

「屁啦！我用這雪亮的眼睛一看就知道，他喜歡妳！」

童曉淵那得意洋洋的模樣讓我忍不住皺眉，看樣子應該請尤里西斯催眠她一下，好讓她別老是這麼八卦。

「妳有病啊，我爸之前說，奶奶以前住的房子可以整理後出租，我同事剛來臺灣，正好在找房子，所以我才帶他過來。」我抬頭，卻發現童曉淵不見了。這個花痴到底在搞什麼？

我走到客廳，爸媽已經和奧里林簽好租屋契約，正在訝異奧里林的中文說得如此流利，看來沒什麼問題了。

他們愉快地彼此握手，奧里林站起身，卻忽然像扭到似的痛呼一聲。

「怎麼了嗎？」媽媽關心地問。

「沒什麼，只是還不太習慣這個身體……」

「什麼?」童曉淵疑惑地出聲。

「沒什麼，那麼我先告辭了，非常感謝你們願意把房子租給我。」

我趕緊回房拿了包包，追著奧里林出去，「我陪他去晃晃，認識一下環境，晚上不回家吃飯了喔。」

「好、好，去吧。」爸媽笑咪咪的，而童曉淵偷拍了一張奧里林的照片，說要傳給朋友們看。

我和奧里林漫步在喧鬧的街頭，感受著吵雜的車聲以及悶熱的空氣。我扯扯嘴角，「成爲人類的感覺怎麼樣?」

「嗯……走路很慢，做任何動作發出的聲音都好大，常覺得累，而且容易肚子餓，身體還會這裡痠那裡痛的……」他像個老人般搥著自己的肩膀。怎麼變成人類後，連個性也不太一樣了?

「那你後悔嗎?後悔也來不及了。」我故意說。

他笑了起來，雙眼閃閃發亮，「不，怎麼會後悔?用人類的眼睛來看這個世界，美極了。」

我們走進一家冰店，奧里林說用人類的舌頭吃東西，滋味完全不同，他從不知道人類的食物這麼好吃，比血液還要美味。

「你一個人住在那麼偏僻的地方，眞的沒問題嗎?」我有些擔憂地問。

「我有車子代步，不要緊。」

「不，我是說，其他長生不會找你麻煩嗎？」我壓低聲音。

他拿出手機，點開尤里西斯傳來的LINE訊息。他什麼時候將尤里西斯加入好友了？

「自從變成人類後，我就被好幾個長生的LINE群組踢掉了，雖然我以前也沒特別熱衷於和他們交流，不過這也太現實了吧。」他居然還抱怨了一句。

我想起他實現願望的那一天，明明是不久以前，卻像是很久遠的事了。

那天，我坐著奧里林的車前往奶奶曾經的家，也就是他未來的的租屋處，尤里西斯就待在客廳裡。一看見奧里林，他馬上皺眉，「你還眞的就這樣變成最喜歡的人類啦。」

奧里林一笑，態度不像還是長生時那麼冰冷。他朝我伸出手，我把提包交給他，而奧里林拿出裝有他的血液的罐子。

「這是什麼？」尤里西斯皺眉。

「我從長生轉變成人類那瞬間的血液，據薩爾所說，喝下這種血的長生，將會永遠獲得走在陽光下的能力。」

尤里西斯瞪大眼睛，盯著罐子，「你要給我？」

「對，給你。從此我和長生的世界再無牽扯，我還是長生時所擁有的東西都交給你。」奧里林將罐子塞進尤里西斯手中。

尤里西斯難以置信地看著罐子裡的血，還抬頭環顧了一圈。

「奧里林，你瘋了嗎？」

「喝下去，你便能不再畏懼陽光。」奧里林說完，看向我，「你希望曾經擁有過再失去，還是不曾擁有過便失去？對長生而言，人類的壽命短暫得如曇花一現。」

尤里西斯也看向我，接著扭開蓋子，準備把血喝下，奧里林卻制止了，「那對你來說是幸福的嗎？」

「什麼？」

「你將會變成我，你懂嗎？」

我立刻搖頭，「尤里西斯，你會被長生們無止盡地追殺，尤其你是純種長生，卻能待在太陽底下，因此大家都會認定，你從奧里林那裡得到了不畏陽光的能力，他們會不斷找你麻煩，直到你把一切告訴他們！」

尤里西斯停下動作，久久沒有說話。

「爲了一直想得到的東西，你可是要付出代價的。」奧里林將手貼在自己的心口處。

爲了成爲人類，他失去了許多。

而尤里西斯直勾勾看著我，「我希望妳活著，在人類的世界裡活著。」

「尤里西斯……」

「長生的世界裡有太多殺戮，如果我們……那只會重演奧里林和封允心之間的悲劇。」

我深吸一口氣，「但你不是奧里林，我也不是奶奶。」

所以，我們的結局可以不一樣。

奧里林將尤里西斯手上的蓋子拿過來，幫他將罐子蓋起，「這件事不急，你有很漫長的時間可以考慮。」

我扯出一個微笑，「是呀，人生很長，我們可以慢慢想，很多事情都有解決的方法，不是嗎？」

尤里西斯握緊那罐血液，實現長久以來的渴望的機會，如今就在他手中。

「小池和奧丁都不在了，威里一定會來找你麻煩。」尤里西斯淡淡對奧里林說，接著目光又落到我身上，「我的確不是奧里林，但我說不定得做些以前的奧里林會做的事。」

他的眼裡流露出溫柔，「我會保護你們一段時間，不讓你們被長生傷害，然後或許……有一天我會……」他看著那罐血。

「當我喝下後，我會去見妳，到時，也許我們可以一起看日出日落。」他凝視我的眼神無比認真，而我用力點頭，淚水不自覺地滑落。

那是我最後一次見到尤里西斯。

雖然手機的通訊錄裡還有他的電話，LINE的好友也沒有刪除，不過我們約定好了，在他做出決定前，不見面、不聯絡。

對他來說，那是關乎「永遠」的事，在我和奧里林都死了很久很久以後，尤里西斯仍會活著，他必須審慎思考喝下血液的代價。

之後，我就帶著奧里林回來人類世界了。

以前是他將奶奶帶離人類世界，後來尤里西斯帶我去長生的世界，如今，換我將奧里林安置在這裡，並等待著尤里西斯。

我想，若要說愛情之類的，可能太膚淺了，我和奧里林之間的羈絆已經深刻到就算不談愛情，也能長伴在彼此左右。

我仍舊期盼可以見到尤里西斯，也許就是明天，他會站在陽光底下告訴我，他已經決定了。

而即使我終究年華老去，他依然年輕，我想在他的眼中，我肯定還是如現在一般。

「妳會等尤里西斯多久？」奧里林的話將我拉回現實，我聳聳肩，挖了口冰送入嘴裡。

「你現在還覺得我像奶奶嗎？」我問。

奧里林認真地打量我的臉，「還是長生的時候，我覺得妳們長得一模一樣，可是轉變成人類後，卻完全無法將妳和封允心聯想在一起了。」

我挑起一邊的眉毛，「這個意思是，你終於不再試圖從我身上找尋奶奶的影子了嗎？」

他露出別有深意的微笑，咬著湯匙對我伸出手。我不明所以，他開口：「我叫奧里林，請多多指教，童千蒔。」

我笑了起來，也回握他的手，「我是童千蒔，很高興認識你。」

豔陽依舊，陰影仍在，短暫的和平已經足夠令我們此刻笑得開懷。

每到夜晚，當我拉開窗簾時，總會想著長生也許就在某處窺伺著我，但下一秒又會想到，尤里西斯也在某處保護著我。

他不是奧里林，所以他不會等到我死前才出現。

我凝望星空，雖然不如在奧丁家所見的那般美麗，不過這就是人類世界的夜空。

也許就是明天，明天，我就能見到站在陽光下的尤里西斯了。

我與奶奶，或許還是有一絲相似之處。

（全文完）

番外　也許就是明天

「也許就是明天，妳就能見到我了。」

他搖晃著手中裝有鮮紅液體的罐子，不斷思考著，在漫長的生命之中，他從未如此猶豫過。

對面那棟大樓某扇窗的窗簾被拉開，他立刻隱身到樹幹後面，一名臉上施著脂粉，長髮披肩的女子望著窗外。

她看不見我的。

他在心裡想著。

他所在的位置遠遠超過人類肉眼所能看清的距離，其實不需要躲到樹後，女子也不會發現他。

女子站在窗邊良久，在她離開後，尤里西斯躍上樹頂，看著女子坐在書桌的電腦前打字。

手機傳來新通知的音效，他點開通知查看，見到訂閱的小說作者上傳了作品的最新章回。

童千蒔寫著未完的故事，在網路上持續進行連載，不過後半段幾乎都是她的想像，跟實際發生過的事完全不同。

故事的主軸逐漸偏向愛情，對於期待吸血鬼大戰的讀者來說，這種變化讓他們無法接受，但女性人類很喜歡這樣的發展，還分成了男一派和男二派。

尤里西斯忍不住勾起嘴角。

怎麼故事中童千蒔對男二所說的話，根本從來沒對他說過？

不過很快，他恢復面無表情，驚覺和童千蒔相處的那段時光，使他的臉部表情變得豐富許多。

他不得不承認，童千蒔對他來說十分特別，但是何等程度的特別，一直到與末時周旋時，他才發現。

✣

當時，因爲末時故意說會在家等他們，於是他們一行人理所當然去了末時家，遭到許多長生襲擊。

歷經一番激戰，好不容易抵達末時的宅邸，卻不見末時以及威里的蹤跡，他們這才發現，原來一切都是末時的計謀，末時將他們引來這裡，自己卻去找了童千蒔。

在趕回奧丁住處的路上，尤里西斯從未如此心神不寧過。

一直以來，他都十分瀟灑，從不在乎誰的離去或死亡，甚至還會因爲傷害了別人而沾沾自喜。

然而與童千蒔相遇後，一切都不同了。

他不要她受傷，就連她露出難受的表情，他都會感覺到不曾體會過的痛苦。

他的心臟明明不會跳動，而長生明明也沒有過多的情感，可是為什麼，光是看著童千蒔的臉，他就有想流淚的衝動？

眼淚是只屬於人類的，那是最無用的東西，無法解決任何問題。

「奧里林！再開快一點！」

「已經是最快了！」奧里林將油門踩到底，顯然也很焦急。

才剛抵達宅邸外圍的樹林，車子還沒停妥，尤里西斯便衝下車朝樹林裡跑去。

奧里林連車門都沒關，也跟著跑進樹林，卻隨即發覺不妙。

樹林裡充斥著童千蒔特有的香甜血味。

不行！童千蒔不能死，她不能死！

尤里西斯也聞到那味道了，他在心裡瘋狂呼喊，非常害怕接下來將看見的景象，而他也的確看見了夢魘般的場景。

末時坐在渾身是血的童千蒔身上，貪婪地吸著童千蒔的血，地面上全是鮮血，而童千蒔的身體呈現不自然的彎曲，瞳孔逐漸放大。

「不……」尤里西斯顫抖不已。

末時抬起頭，露出驚駭的表情，看到跟在尤里西斯後頭的奧里林，她立刻跳起來逃走。

尤里西斯衝到童千蒔身邊蹲下，撫摸她的臉龐，童千蒔雙眼失焦，臉上全是末時留下的齒痕，坑坑巴巴的，鮮血與淚水全和在一起，淒慘無比。

「童千蒔！」奧里林推開尤里西斯，同樣顫抖著。

「奧里林，只有你能救她，快救她！她還有氣息！」尤里西斯深吸一口氣，目光陰冷，「而只有我能殺了末時。」

說完，他拔腿追上去。

他從來沒有這麼憤怒過，他無法忘記童千蒔渾身是血的模樣，那可怕的景象令他後來足足做了好一陣子的噩夢。

童千蒔香甜的血味依舊瀰漫在空氣中，但尤里西斯一點也沒有想要吸食的衝動。他打量著地上的血足印，根據他對末時的了解，他知道她會先往前直衝一段距離，再跳到樹上。

果然，帶血的足印在途中消失了，尤里西斯仔細觀察四周的樹木，果不其然在一棵大樹的樹幹上發現了血掌印。他沿著樹幹往上跳，望見末時正使用跋飛快地移動。

天空泛起魚肚白，尤里西斯大喊：「末時！不要再跑了！已經解決了！」

末時回過頭，卻沒有減慢速度。

天已經快亮了，他們兩個身上都冒出白煙。

「不要逃了，先躲起來，快點！」尤里西斯說完就往下跳，尋找不會被陽光照射到的地方。

前方有個山洞，他迅速衝了過去，他的身體已經灼燒起來，無論被陽光刺痛過多少次，他都不能習慣那直搗靈魂的痛楚。

過沒多久，末時也冒著煙衝進山洞。一避開陽光，他們便迅速復原，而末時警戒地離尤里西斯遠遠的。

「末時，沒事了，妳已經殺了她。」尤里西斯直接坐到地上，伸手撫摸潮溼的石壁。

「什麼意思？」末時滿臉不解，她全身上下都是狼人以及童千蒔的血。

「妳身上真臭，狼人的血這麼噁心，妳也受得了？」尤里西斯冷笑。

「尤里西斯，你到底是什麼意思？」

「我真失望，末時，妳差點壞了我的好事。」他冷眼盯著末時，「妳認識我多久了？妳眞以爲我會愛上人類？」

末時瞪大眼睛，「尤里西斯？」

「我的目標一直都是這個。」他從口袋裡拿出裝有兩顆藥丸的小瓶子。

「那是什麼？」

「能讓長生行走在陽光下的藥丸，打從一開始我就是要這個東西。」尤里西斯握緊瓶子，「童千蒔這個女人是我的機會，想取得奧里林的信任，就必須讓他以爲我也對童千蒔上心。」

末時皺眉質疑：「我不相信，你對我的憤怒是眞的，你殺了昆恩和喬伊的事也是眞的！」

「因爲你們要殺童千蒔！沒了她，我就拿不到這玩意兒！」尤里西斯怒吼，「你們這群白痴！」

這下子末時困惑了。

她無法判斷尤里西斯說的究竟是不是眞心話。

「那你……沒有愛上童千蒔？」

「人類？怎麼可能。」尤里西斯嗤之以鼻。

「那藥丸眞的有用？」

「我看小池吃過，而他也的確能走在陽光下，不過這是祕密就是了。」

末時只知道薩爾和小池死了，卻不清楚他們是怎麼死的，所以雖然依舊半信半疑，她還是緩緩走向了尤里西斯。

「那你的第二顆藥丸是要給誰？」末時笑得妖嬈。

尤里西斯望了她一眼，一把將她攬入懷中，「當然是給妳。」

末時嬌笑著，親吻了尤里西斯的唇。

那混雜著狼人以及童千蒔血味的吻，令尤里西斯想吐。

但他還是回吻了末時，接著扭開小瓶子的瓶蓋，對末時說：「口說無憑，我吃給妳看。」

外頭的太陽已經升起，天氣相當晴朗。

「也許我們該先讓其他的長生試試，誰知道奧里林會不會耍詐？」末時謹慎地說。

「這不會是假的，給別的長生吃太浪費了。」尤里西斯毫不猶豫地倒出一顆藥丸吞下。

忽然，一股灼熱感在他的腹部凝聚，瞬間蔓延至四肢，那種感覺就像從體內被陽光灼燒似的。尤里西斯強忍住痛苦，看向明亮的山洞外，穩穩踏出腳步。

「尤里西斯……」

他停頓了下，又繼續往前走。

群鳥在天空飛翔，白雲點綴著藍天，反射了陽光的樹葉更顯翠綠，屬於白晝的精靈正忙進忙出地維持著大自然的運作，每一陣風都帶來充滿希望的氣息。

尤里西斯站在夢寐以求的陽光下，且沒有受傷。

他瞪大眼睛，忍不住低呼一聲，但他知道藥效不會持續太久，他得盡快行動。

「末時！看到了吧！我們再也不用懼怕陽光！」他轉頭朝待在山洞裡的末時大

喊，「妳也快點吃，從此以後我們將無所畏懼！」

「我眞不敢相信，居然眞的有這樣的事！」末時興奮地尖叫，立刻倒出瓶子裡剩下的那顆藥丸。

「剛吃下去會有點痛，別擔心。」尤里西斯走回洞口邊，末時服下藥丸後露出痛苦的神情，不過很快，當她站在陽光底下時，那些痛苦都不算什麼了。

他們在樹林中盡情奔跑，從不知道陽光照在皮膚上能帶來這麼舒服溫暖的感覺，山林裡的動物們也跟著他們奔跑，一切都美妙極了。

末時抱住尤里西斯，「這下我們可以聯手殺死奧里林，成爲長生之中最強的存在！」

尤里西斯微笑，也回抱著末時。

末時已經很久沒有和尤里西斯如此緊緊相擁，因此她非常開心。她覺得今天眞是好日子，不僅殺了討厭的女人，還得到在陽光下行走的能力，更與尤里西斯重修舊好，實在太棒了。

沉浸在幸福中的末時突然聞到燒焦味。

她愣了愣，張開眼睛，驚見尤里西斯身上正在冒煙，卻硬是忍住了痛喊。

「尤里西斯！怎麼回事？你爲什麼在冒煙？」末時驚慌地問，發現自己被尤里西斯抱得死緊，完全無法掙脫。

接著，她感覺陽光的暖意轉變爲燒灼，身體也冒出白煙，因此她尖叫起來：「放開我！尤里西斯，你不是說吃了藥就能夠不怕陽光嗎？快點，我們必須快點躲起來！」

「長生懼怕陽光，是天性。」尤里西斯憤恨地瞪著末時，「妳居然那樣對待千蒔。」

末時陷入強烈的恐懼，她怎樣也沒料到尤里西斯會用這種方式對付她，「你要跟我同歸於盡嗎！尤里西斯，爲了一個人類値得嗎！」她高聲尖叫。

「爲了千蒔，很値得。」尤里西斯勾起微笑，更加緊擁住末時。

在烈日的灼燒下，他們的皮膚潰爛見骨，末時不停掙扎咆哮，那疼痛宛如靈魂遭受千刀萬剮。

「我再也不會傷害她了，讓我走！尤里西斯！讓我走！」末時哀求。

「我不相信妳。」尤里西斯冷冷說。

他知道自己不必跟著末時一起死，可是他不想直接撕裂她，那樣的死法實在太輕鬆了。只要一想到童千蒔淒慘地躺在血泊中、只要想像童千蒔當時是如何的害怕……

他太了解末時了，他知道末時會怎樣令童千蒔陷入無盡的恐懼，就如同他過去對無數人類所做的事情一樣。

讓他們逃命、給他們希望，最後又從後面無情地追擊，被嚇壞的人血液特別冰冷好喝，童千蒔就是在這樣的情況下，被末時凌虐到近乎死去。

不，她不會死，不會死的，奧里林會救她，她不會死……

但尤里西斯無法原諒眼前這個女人，他要末時感受被陽光折磨的痛苦，要末時死於凌遲之下。同時他也害怕著，如果他回去後，奧里林說一切都來不及了，童千蒔還是死了，那該怎麼辦？

尤里西斯這時才終於意識到，自己沒有想像中那麼堅強，也比想像中更在乎童千蒔。

末時痛得不斷尖叫，直到再也發不出聲音，只能奄奄一息地開合著嘴，彷彿在求盡快解脫。尤里西斯也逐漸喪失意識，他的手鬆了開來，末時已經沒有能力逃跑，兩個人躺在豔陽之下。

尤里西斯看著燦亮的天空，內心最鮮明的念頭卻是，要是可以和童千蒔一起欣賞這片天空該有多好。

他從沒想過自己會以這種方式死去，實在太可笑了，被其他長生撕裂也比拉著一個女人同歸於盡來得帥氣。

忽然，一塊黑布蓋到他的身上，有個人一層又一層地將他包起來。

「尤里西斯！不准死！不准死！」

他以爲自己產生了幻覺，否則童千蒔的聲音怎麼會出現？

「奧里林，快點救他，把他帶到沒有陽光的地方！」

「尤里西斯，這是我第二次救你了。」他覺得奧里林的聲音聽起來特別討厭，彷彿要他記得自己所接受的恩惠。

接著，尤里西斯感覺自己被扛了起來，一陣快速的移動後，他們來到了陰暗處。

「尤里西斯！你沒事吧？」童千蒔拉開黑布，她的臉上雖留有血跡，卻已經沒有傷痕，四肢也健全無損，看起來跟以前一樣安好。

「太好了，妳還活著。」尤里西斯流下眼淚。

那眼淚不只讓奧里林與童千蒔愣住了，連他自己也相當震驚，長生的淚水比什麼都來得珍貴。

嘖。

想起自己當時居然掉下眼淚，尤里西斯就難以接受。

他曾經嘲笑人類的淚水，卻沒想到自己有天也會流淚，而且還是喜極而泣的眼淚。

無論如何，至少童千蒔現在好好地在人類世界活著，那就好了。

尤里西斯盯著手機螢幕中，童千蒔所發表的文章裡的最後一行字。

也許就是明天，我就會見到你了。

他關了螢幕，輕閉起眼睛，一個輕得幾乎難以聽見的聲響落在某棵樹上，尤里西斯睜開雙眼。

「嗨。」一個陌生的長生站在對面的樹枝上，看著他微笑，「威里派我過來的。」

「躲在調解會的廢物，我沒興趣聽他的走狗說話，滾。」

「他問，繼承了奧里林所有一切的你，沒有拿到其他東西嗎？」那長生靠過來了些。

「你們怎麼不去問奧里林？他現在是脆弱的人類，應該很容易對付啊。」尤里西斯是故意這麼說的。他知道，這個心機深沉的傢伙即便成了人類，製作藥品或魔藥的技術仍在。

奧里林在那曾經是封允心住所的租屋處周遭，布下了許多「地雷」。

「地雷」裡儲存著大量陽光，普通人踩中不會有事，但長生踩到的話，必死無疑。

「我們死傷慘重，所以威里要我來告訴你，奧里林給你的東西是長生界的資產，調解會認為他們有資格管理……」

「連這種話也說得出口？」

那名長生瞥了遠方的童千蒔家一眼，「或者我們該找那個人類女孩？」

尤里西斯眼睛一瞇，「可以試試看。」

對方微笑著搖頭，「或許最終真的會這麼做。」

「你們知道之前的戰鬥是誰輸了。」

「當時有奧里林還有奧丁，如今只剩下你。」

「我一個人也綽綽有餘。」

聞言，對方滿意地笑了，「你果然從奧里林那裡得到了什麼。」

「是啊，我能分給你，只要你效忠於我。」尤里西斯說，而對方明顯一愣。

「開玩笑的。」說時遲，那時快，尤里西斯已經跳上那名長生所在的枝椏，迅雷不及掩耳地扯斷對方的頭。

他不能讓任何人傷害童千蒔，他不要再次看見童千蒔瀕死的模樣。

然而，每一天，童千蒔都在接近死亡。

他去過奧里林的家，雖然轉變成人類，奧里林依舊敏銳，尤里西斯只是站在外頭，奧里林便開了門。

「我只有一個問題。」尤里西斯拿出裝有奧里林血液的瓶子，「立場交換的話，你會喝下嗎？」

「即便生命長度不同，但她選擇爲你付出一生，或許你也該如此。」奧里林說完，關上了門。

尤里西斯冷笑一聲，這個答案並不令他意外。

他握緊手中的瓶子，而後扭開瓶蓋。

「也許就是明天，妳就能見到我了。」

後記　世上的一切相遇，都是必然

《無盡之境》系列的最後一集，終於和大家見面了。

在進入正式的後記之前，我想先和大家聊聊前陣子發生的糗事。

我是個話很多的人，喜歡邊走路邊和人說話，結果大概是肺活量不足，時常因此喘得要命，於是我決定開始運動。

結果，在做仰臥起坐時，我發現我完全沒法靠腹部的力量坐起，徹徹底底地沒辦法。所以深受打擊的我爲此認眞地持續運動，還去踩飛輪，希望能改善我運動後不是臉色紅潤，而是面色蒼白的慘況。

所以我眞的很羨慕長生，他們不需要大量睡眠，也不容易感到疲累，體力遠超人類。如果是長生的話，大概就沒有「如何有效利用時間」這種問題吧？他們應該會比較煩惱該如何打發時間。

好了，閒聊就到這裡，讓我們回到《無盡之境》吧。

這系列的三集封面都非常美麗，讓我每次看了都驚豔無比，更總是一收到插畫全圖便立刻換成電腦桌布。我一直記得當初看見尤里西斯的模樣時，整個人甚至有種被電到的感覺。

剛開始創作這個故事，我只是想敘述一個躺在病榻上的老奶奶，直到死前才終於再次見到此生最想見的那個人。那一刻，她的病服轉變成美麗的白紗，這是她生命中最幸福的時刻。

誰說死亡總是伴隨著悲傷？也許有些人始終在等待死亡。

就為了這個場景，我寫下了《無盡之境》。

在第二集的中後段，千蒔對奧里林說：「那麼，我和你的相遇就成了必然。」

也許世上的每一個相遇、每一樁看似偶發的事件，統統都是環環相扣的，冥冥之中，我們都被命運的齒輪所牽引，誰也逃不了。

關於故事的結尾，大家喜歡這樣的安排嗎？

寫到第三集，千蒔選擇誰好像已經不是重點，我猜讓大家震驚的，大概不是千蒔和誰在一起，而是小池與奧丁的犧牲吧？

我時常在想，愛情究竟能有多偉大？難道眞的只有愛情以及親情，才具備最強大的力量嗎？

愧疚是一種愛，憧憬也是一種愛。即便身為強悍的狼人，對奧丁來說，死亡仍是解脫，因為他的內心始終懷抱著強烈的歉疚；而小池毅然決然放棄了漫長的生命，只為實現奧里林的願望。

只為拯救他所憧憬的奧里林。

「能為您服務，是我一生最大的榮幸。」這句話大概就是小池畢生的唯一信念了。

千蒔在故事中不斷地強調「我不是奶奶」，想必大家也都覺得千蒔除了長相以外，無一處與允心相像。不過在故事的最後，千蒔卻又說：「也許我和奶奶，還是有一絲相似之處。」因為，她們都選擇了等待。

或許尤里西斯終將永遠面對孤寂，在千蒔和奧里林都去世了很久很久以後，他仍會活著，走在他曾經朝思暮想的陽光下，獨自前行。

為了愛，他們能犧牲多少？

承受永生的孤寂？耗費一輩子去等待？捨棄自己的生命？

這個帶著些許遺憾，卻又算是美好的結局，大概就和人生中所要面對的許多無奈一樣，每個人都只能在不完美之中盡力找尋最好的答案。

非常感謝大家陪我走過這段撰寫《無盡之境》的旅程，雖然長生的生命沒有盡頭，故事仍走到了最後，但這不是他們的終點。

成為人類的奧里林終於實現夢想，能夠與千蒔一同迎接老死。

究竟是死亡比較殘酷，還是永生比較殘酷呢？

無論生命長短，都各有各的美麗與缺陷，唯有活在當下才能綻放出最炙熱的花火。

《無盡之境》在此完結，謝謝你們喜歡這個故事，謝謝馥蔓與思涵的第一手感想，謝謝美麗又勇敢的童千蒔，帶我們走了一遭長生的世界。

Misa

國家圖書館出版品預行編目資料

無盡之境. 3, 抉擇 / Misa著. -- 初版. -- 臺北市；城邦原創出版：家庭傳媒城邦分公司發行, 民 106.10
面；　公分

ISBN 978-986-95299-6-9（平裝）

857.7　　　　106018262

無盡之境 03（完）
抉擇

作　　者／Misa
企畫選書／楊馥蔓
責任編輯／陳思涵

行銷業務／林政杰
總 編 輯／楊馥蔓
總 經 理／伍文翠
發 行 人／何飛鵬
法律顧問／台英國際商務法律事務所　羅明通律師
出　　版／城邦原創股份有限公司
台北市中山區民生東路二段 141 號 6 樓
電話：(02) 2509-5506　傳真：(02) 2500-1933
E-mail：service@popo.tw
發　　行／英屬蓋曼群島商家庭傳媒股份有限公司城邦分公司
聯絡地址：台北市中山區民生東路二段 141 號 11 樓
書虫客服服務專線：(02) 25007718・(02) 25007719
24小時傳真服務：(02) 25001990・(02) 25001991
服務時間：週一至週五09:30-12:00・13:30-17:00
郵撥帳號：19863813　戶名：書虫股份有限公司
讀者服務信箱 email：service@readingclub.com.tw
城邦讀書花園網址：www.cite.com.tw
香港發行所／城邦（香港）出版集團有限公司
地址：香港灣仔駱克道 193 號東超商業中心 1 樓
email：hkcite@biznetvigator.com
電話：(852)25086231　傳真：(852) 25789337
馬新發行所／城邦（馬新）出版集團 Cité(M)Sdn. Bhd.
41, Jalan Radin Anum, Bandar Baru Sri Petaling,
57000 Kuala Lumpur, Malaysia.
電話：(603) 90578822　　傳真：(603) 90576622
email:cite@cite.com.my

封面插畫／Fori
封面設計／黃聖文
印　　刷／漾格科技股份有限公司
電腦排版／陳瑜安
經 銷 商／高見文化行銷股份有限公司
客服專線：0800-055-365　傳真：(02)2668-9790

■ 2017 年（民 106）10 月初版
■ 2022 年（民 111）6 月初版 2.8 刷　　Printed in Taiwan

定價 / 250元

ISBN　978-986-95299-6-9
POPO城邦原創 www.popo.tw　城邦讀書花園 www.cite.com.tw